吴昌硕《菊石图》

画面上方的黄菊与下方的红菊顾盼生姿，如同眷侣一般含情相望，依依惜别。令人想起朱自清在《给亡妇》一文中对亡妻武钟谦的怀念与依恋。

吴昌硕《紫藤图》

吴昌硕画紫藤，重整体，着力表现藤花缠绵之态。画中紫藤紧紧地缠在石头上，难舍难分，正如一对热恋中的恋人。《爱眉小札》是徐志摩与陆小曼相爱后，给她写的书信和日记的合集。这些情意缠绵的文字，使人们真切地感受到了两个人之间热烈的爱情。

吴昌硕《清秋千金》

吴昌硕此画设色明艳，三个葫芦憨态可掬，富有生趣，使人联想到游戏中的孩童那天真烂漫的情状。正如丰子恺在《给我的孩子们》一文中所说的：（孩子是）“身心全部公开的真人”，他们的生活“全是自动的、创造创作的生活”。

吴昌硕《苍松图》

画中松树站在山石一侧，姿态挺直，伸出长枝，似在照拂后辈，正气浩然而又温情脉脉，让人想起刘墉在《你是我一生的陪伴》里写到的那位把骨灰撒入海中，以便永远陪伴女儿的父亲。

吴昌硕《荔枝》

苏东坡曾言“日啖荔枝三百颗，不辞长作岭南人”，作家杨朔将荔枝视为天底下最鲜最美的水果。吴昌硕笔下的荔枝，色泽鲜艳，墨彩淋漓，浓淡相和，层次分明，形神兼备，引人垂涎。

吴昌硕《桃实图》

画面上鲜艳饱满的桃实惹人喜爱，正像学有所成的子女令父母深感欣慰一样。为了培养儿子，傅雷夫妇曾经写过数百封家书，谈论艺术、文化和生活，对儿子的成长起了重要作用。

吴昌硕《红梅图》

梅花凌寒盛开，暗香优雅，以其比拟书中收录的诸多名家，均不为过。鲁迅、朱自清、老舍……他们多是经历了严酷的生存考验而绽放了艳丽的生命之花的强者，犹如这美丽的梅花。

吴昌硕《风荷》

强风之中，莲花俯仰，莲叶倾覆，画家抓住了这一瞬间的动态，将之凝固于笔端，成为永恒的美。在《写给生命》一文中，席慕蓉记录了自己在月光下画速写的心情。在那一刻，她心中感受过的，正是徐悲鸿也感受过的那种激情。

吴昌硕《篮菊图》

篮中有红、黄、蓝、白四色菊花，挨挨挤挤，静美和谐，令人想起老舍的《我的理想家庭》：一夫一妻一女一儿，家境小康，身体健康，生活简单，心情舒畅。这可能也是大多数人心目中的理想家庭模板了吧！

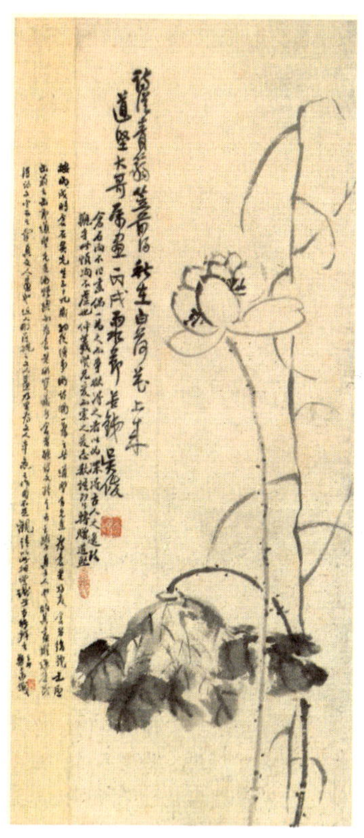

吴昌硕《墨荷》

这幅画将白描和淡墨结合在一起，白荷优雅俏丽，荷叶俯首低眉，一上一下，呈现出呼应之势，恰如两君子，醉酒东篱，扶持而归。对老舍来说，许地山就是可以跟他互相扶持的朋友，可惜许先生走得太早了。

吴昌硕《墨竹》

吴昌硕的墨竹淡杆浓叶，疏密有致，富有金石气。名士爱竹，常用竹子的坚韧来自勉自励。朱自清在《论自己》中写道:“大丈夫不受人怜。穷有穷干，苦有苦干；世界那么大，凭自己的身手，哪儿就打不开一条路？”字里行间表现出的如竹般坚韧的气节也令人赞叹。

吴昌硕《岁朝清供图》

画家们习惯于在农历元旦作《岁朝清供图》，以寄托对来年的希望。而郁达夫在 1935 年农历元旦那天，想到当时混乱的时局，内心忧闷，写出了《寂寞的春朝》这一名篇。

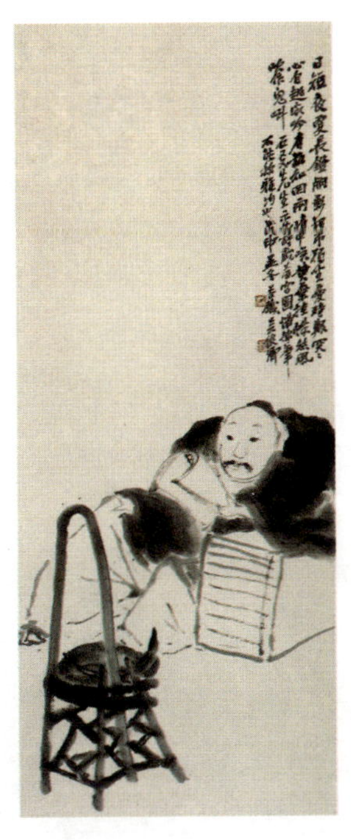

吴昌硕《灯下观书图》

《灯下观书图》为吴昌硕据友人沈石友诗意而作，寥寥数笔，一位挑灯夜读、忧心时事的读书人形象便跃然纸上。“风声，雨声，读书声，声声入耳；家事，国事，天下事，事事关心。”邓拓说，这才是合格的读书人。

吴昌硕《芜园图》

芜园为吴昌硕少年时的安身之所，小小院落虽然简陋，却陪伴他度过了宁静安乐的十年岁月。岁月一直在流逝，但正如周国平在《人生寓言》里说的那样：“意义在于过程，幸福在于细节。”曾经历过，已是圆满。

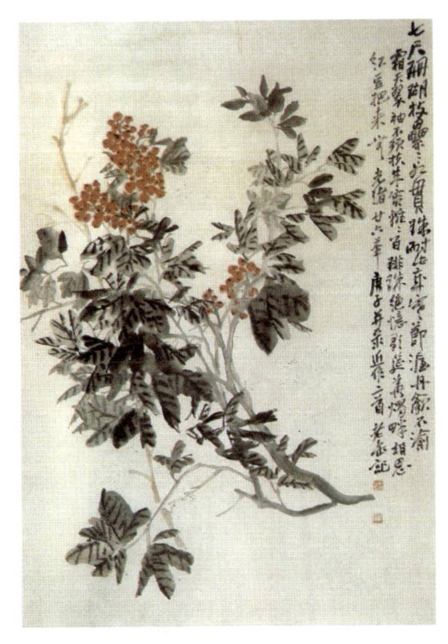

吴昌硕《七尺珊瑚枝》

画中珊瑚枝叶疏密有致，红色果实晶莹剔透，顾盼生姿，有一种独特的美。人世之美，也源于人间的参差多态，人人不同，各有其亮彩，正如章衣萍那篇文章的题目——《他们尽是可爱的》。

吴昌硕《兰竹石图》

图中翠竹自然潇洒，山石朴实低调，兰花轻灵优雅，正如三个品格相近、互相信任的好友，让人想起夏丏尊在《中年人的寂寞》中所写的：因志趣相近或性情适合而结成的朋友，是“无所为”而性质纯粹的。只是这样的朋友总是少而又少的。

去，过你爱的生活

余秋雨 周国平 刘墉 等/著

天地出版社 | TIANDI PRESS

图书在版编目（CIP）数据

去，过你爱的生活 / 余秋雨等著 . — 成都 : 天地出版社，2020.1

ISBN 978-7-5455-5321-5

Ⅰ . ①去… Ⅱ . ①余… Ⅲ . ①散文集—中国—现代②散文集—中国—当代 Ⅳ . ① I266

中国版本图书馆 CIP 数据核字（2019）第 249517 号

QU，GUO NI AI DE SHENGHUO

去，过你爱的生活

出品人　杨　政
作　　者　余秋雨　等
责任编辑　张秋红
装帧设计　仙　境
责任印制　葛红梅

出版发行　天地出版社
（成都市槐树街2号　邮政编码：610014）
（北京市方庄芳群园3区3号　邮政编码：100078）
网　　址　http://www.tiandiph.com
电子邮箱　tianditg@163.com
经　　销　新华文轩出版传媒股份有限公司

印　　刷　三河市嵩川印刷有限公司
版　　次　2020年1月第1版
印　　次　2020年1月第1次印刷
成品尺寸　880mm×1230mm　1/32
印　　张　9
彩　　插　16页
字　　数　200千字
定　　价　48.00元
书　　号　ISBN 978-7-5455-5321-5

咨询电话：（028）87734639（总编室）
购书热线：（010）67693207（营销中心）

出版说明

《去，过你爱的生活》收录了从民国到当代多位名家关于亲情、友情、爱情、人生态度的多篇文章。由于时代的变迁，部分文章中某些语词的运用已经不符合当今读者的阅读习惯，部分外国人名译法也与今日不同，内容上有前后不统一的现象，标点符号的运用与现行的规范也有一定区别。

因此，我们在参照权威版本的基础上，一方面尽量保持原作的风貌，不做大的改动；另一方面也根据现代阅读习惯及汉语规范，对原版行文明显不妥之处酌情进行了勘误、修订，从标点到字句再到格式等，都制定了一个相对严谨的校正标准与流程。

除有出处的引文保持原文外，具体操作遵从以下凡例：

一、标点审校，以1956年中国文字改革委员会发布简体字方案为分界线，发表于1956年以前的文章，以尊重作家原作风貌为标准，不轻易更改与现行用法不同的标点符号用法；发表于1956年后的，则据最新标准进行统一。

二、原版中的异体字，均改为现代通用简体字。如“那怕”

改为“哪怕”，“那里”据实际情况改为“哪里”，“发见”改为“发现”等。

三、酌情统一了部分词汇，尤其是助词的用法：“的”“地”“得”“底”酌情改为“的”“地”“得”，语气助词“罢”通改为“吧”，拟声词“悉悉索索”改“窸窸窣窣”等。但对实词则尽量保留原貌，如“凭阑”不改为“凭栏”，“运命”不改为“命运”，“寥寂”不改为“寂寥”，“嬉顽”不改为“嬉玩”等。

四、在句式表达上，因年代、个人文风原因，与当代规范表达有所区别，如“这是我心愿给你们用的……”“衣裳卷好了，她把来围在腰间了”等，亦尊重原作，不予修改。

五、外文书名、篇名均改为斜体。

六、引文部分，如书信、诗歌等，统一改同号楷体，上下空行。

七、酌情补注，简短为宜，注释方式为底注。注释如无特别说明，均为编者注。

八、书中各篇标题、落款、注释等编辑元素统一设计处理（包括字体、字号、间距等设计元素）。

限于水平，难免有疏漏之处，还望海涵。

目录

亲情：一生陪伴

002 给我的孩子们

007 我的理想家庭

011 旅人的心

020 孩子的马车

029 守岁烛

034 傅雷家书（节选）

039 献给母亲

044 殇儿记

048 你是我一生的陪伴

爱情：爱是甘草

054 爱眉小札（节选）

063 给亡妇

069 梅花小鹿——寄晶清

073 苦笑

077 她走了

081 人生寓言

友情：温情永在

086　中年人的寂寞
089　永在的温情——纪念鲁迅先生
098　敬悼许地山先生
108　他们尽是可爱的
113　悼萧红
118　悼志摩

梦想：好的故事

130　好的故事
133　希望
136　梦与现实
139　愿
141　信仰的哀伤
143　印度洋上的秋思
153　醒后的惆怅
155　破晓
161　哀乐
162　乞丐和病者
167　告别梦境
170　心灵的对白

人生：提醒幸福

178 银杏
182 不能骄傲
186 寂寞的春朝
188 我的梦，我的青春
195 论自己
200 听潮的故事
211 寂寞
216 生命的三分之一
219 事事关心
223 荔枝蜜
227 阳关雪
233 提醒幸福

生命：爱是源泉

240 一个追忆
243 阮玲玉的死
248 生命
252 写给生命
260 爱是一切的泉源
263 爱是生命
265 人就这么一辈子

268 / 本书作者名录

亲情：一生陪伴

给我的孩子们

丰子恺

我的孩子们！我憧憬于你们的生活，每天不止一次！我想委曲地说出来，使你们自己晓得。可惜到你们懂得我的话的意思的时候，你们将不复是可以使我憧憬的人了。这是何等可悲哀的事啊！

瞻瞻！你尤其可佩服。你是身心全部公开的真人。你什么事体都想拼命地用全副精力去对付。小小的失意，像花生米翻落地了，自己嚼了舌头了，小猫不肯吃糕了，你都要哭得嘴唇翻白，昏去一两分钟。外婆去普陀烧香买回来给你的泥人，你何等鞠躬尽瘁地抱它，喂它；有一天你自己失手把它打破了，你的号哭的悲哀，比大人们的破产，失恋，broken heart[①]，丧考妣，全军覆没的悲哀都要真切。两把芭蕉扇做的脚踏车，麻雀牌堆成的火车、汽车，你何等认真地看待，挺直了嗓子叫“汪——”，“咕咕咕……”，来代替汽笛。宝姐姐讲故事给你听，说到“月亮姐姐挂下一只篮来，

① broken heart：英语，“伤心、心碎”之意。

宝姐姐坐在篮里吊了上去，瞻瞻在下面看”的时候，你何等激昂地同她争，说“瞻瞻要上去，宝姐姐在下面看！”甚至哭到漫姑面前去求审判。我每次剃了头，你真心地疑我变了和尚，好几时不要我抱。最是今年夏天，你坐在我膝上发现了我腋下的长毛，当作黄鼠狼的时候，你何等伤心，你立刻从我身上爬下去，起初眼瞪瞪地对我端详，继而大失所望地号哭，看看，哭哭，如同对被判定了死罪的亲友一样。你要我抱你到车站里去，多多益善地要买香蕉，满满地擒了两手回来，回到门口时你已经熟睡在我的肩上，手里的香蕉不知落到哪里去了，这是何等可佩服的真率，自然，与热情！大人间的所谓“沉默”，“含蓄”，“深刻”的美德，比起你来，全是不自然的，病的，伪的！

你们每天做火车，做汽车，办酒，请菩萨，堆六面画，唱歌，全是自动的，创造创作的生活。大人们的呼号“归自然！”，“生活的艺术化！”，“劳动的艺术化！”在你们面前真是出丑得很了！依样画几笔画，写几篇文的人称为艺术家，创作家，对你们更要愧死！

你们的创作力，比大人真是强盛得多哩。瞻瞻！你的身体不及椅子的一半，却常常要搬动它，与它一同翻倒在地上；你又要把一杯茶横转来藏在抽斗里，要皮球停在壁上，要拉住火车的尾巴，要月亮出来，要天停止下雨。在这等小小的事件中，明明表示着你们的弱小的体力与智力不足以应付强盛的创作欲、表现欲的驱使，因而遭逢失败。然而你们是不受大自然的支配、不受人类社会的束缚的创造者，所以你的遭逢失败，例如火车尾巴拉不住、月亮呼不出来的时候，你们决不承认是事实的不可能，总以为是爹爹妈妈不肯帮你们办到，同不许你们弄自鸣钟同例，所以愤愤地哭了，你们的世界何等广大！

你们一定想：终天无聊地伏在案上弄笔的爸爸，终天闷闷地坐在窗下弄引线的妈妈，是何等无气性的奇怪的动物！你们所视为奇怪动物的我与你们的母亲，有时确实难为了你们，摧残了你们，回想起来，真是不安心得很！

阿宝！有一晚你拿软软的新鞋子，和自己脚上脱下来的鞋子，给凳子的脚穿了，刬袜立在地上，得意地叫“阿宝两只脚，凳子四只脚”的时候，你母亲喊着“龌龊了袜子！”立刻擒你到藤榻上，动手毁坏你的创作。当你蹲在榻上注视你母亲动手毁坏的时候，你的小心里一定感到“母亲这种人，何等煞风景而野蛮”吧！

瞻瞻！有一天开明书店送了几册新出版的毛边的《音乐入门》来。我用小刀把书页一张一张地裁开来，你侧着头，站在桌边默默地看。后来我从学校回来，你已经在我的书架上拿了一本连史纸印的中国装的《楚辞》，把它裁破了十几页，得意地对我说："爸爸！瞻瞻也会裁了！"瞻瞻！这在你原是何等成功的欢喜，何等得意的作品！却被我一个惊骇的"哼"字喊得你哭了。那时候你也一定抱怨"爸爸何等不明"吧！

软软！你常常要弄我的长锋羊毫，我看见了总是无情地夺脱你。现在你一定轻视我，想道："你终于要我画你的画集的封面！"

最不安心的，是有时我还要拉一个你们所最怕的陆露沙医生来，教他用他的大手来摸你们的肚子，甚至用刀来在你们臂上割几下，还要叫妈妈和漫姑擒住了你们的手脚，捏住了你们的鼻子，把很苦的水灌到你们的嘴里去。这在你们一定认为是太无人道的野蛮举动吧！

孩子们！你们果真抱怨我，我倒欢喜；到你们的抱怨变为感激的时候，我的悲哀来了！

我在世间，永没有逢到像你们样出肺肝相示的人。世间的人群结合，永没有像你们样的彻底的真实而纯洁。最是我到上海去干了无聊的所谓"事"回来，或者去同不相干的人们做了叫作"上课"的一种把戏回来，你们在门口或车站旁等我的时候，我心中何等惭愧又欢喜！惭愧我为什么去做这等无聊的事，欢喜我又得暂时放怀一切地加入你们的真生活的团体。

但是，你们的黄金时代有限，现实终于要暴露的。这是我经验过来的情形，也是大人们谁也经验过的情形。我眼看见儿时的伴侣中的英雄，好汉，一个个退缩、顺从、妥协、屈服起来，到像绵羊的地步。我自己也是如此。“后之视今，亦犹今之视昔”，你们不久也要走这条路呢！

我的孩子们！憧憬于你们的生活的我，痴心要为你们永远挽留这黄金时代在这册子里。然这真不过像“蜘蛛网落花”，略微保留一点春的痕迹而已。且到你们懂得我这片心情的时候，你们早已不是这样的人，我的画在世间已无可印证了！这是何等可悲哀的事啊！

我的理想家庭

老舍

一个二十多岁的小伙子，讲恋爱，讲革命，讲志愿，似乎天地之间，唯我独尊，简直想不到组织家庭——结婚既是爱的坟墓，家庭根本上是英雄好汉的累赘。及至过了三十，革命成功与否，事情好歹不论，反正领略够了人情世故，壮气就差点事儿了。虽然明知家庭之累，等于投胎为马为牛，可是人生总不过如此，多少也都得经验一番，既不坚持独身，结婚倒也还容易。于是发帖子请客，笑着开驶倒车，苦乐容或相抵，反正至少凑个热闹。到了四十，儿女已有二三，贫也好富也好，自己认头苦曳，对于年轻的朋友已经有好些个事儿说不到一处，而劝告他们老老实实地结婚，好早生儿养女，即是话不投缘的一例。到了这个年纪，设若还有理想，必是理想的家庭。倒退二十年，连这么一想也觉泄气。人生的矛盾可笑即在于此，年轻力壮，力求事事出轨，决不甘为火车；及至中年，心理的、生理的，种种理的什么什么，都使他不但非作火车不可，且作货车焉。把当初与现在一比较，判若两人，足够自己笑半天的！或有例外，实不多见。

明年我就四十了，已具说理想家庭的资格：大不必吹，盖亦自嘲。

我的理想家庭要有七间小平房：一间是客厅，古玩字画全非必要，只要几张很舒服宽松的椅子，一二小桌。一间书房，书籍不少，不管什么头版与古本，而都是我所爱读的。一张书桌，桌面是中国漆的，放上热茶杯不至烫成个圆白印儿。文具不讲究，可是都很好用。桌上老有一两枝鲜花，插在小瓶里。两间卧室，我独据一间，没有臭虫，而有一张极大极软的床。在这个床上，横睡直睡都可以，不论怎睡都一躺下就舒服合适，好像陷在棉花堆里，一点也不硬碰骨头。还有一间，是预备给客人住的。此外是一间厨房，一个厕所，没有下房，因为根本不预备用仆人。家中不要电话，不要播音机，不要留声机，不要麻将牌，不要风扇，不要保险柜。缺乏的东西本来很多，不过这几项是故意不要的，有人白送给我也不要。

院子必须很大。靠墙有几株小果木树。除了一块长方的土地，平坦无草，足够打开太极拳的，其他的地方就都种着花草——没有一种珍贵费事的，只求昌茂多花。屋中至少有一只花猫，院中至少也有一两盆金鱼；小树上悬着小笼，二三绿蝈蝈随意地鸣着。

这就该说到人了。屋子不多，又不要仆人，人口自然不能很多：一妻和一儿一女就正合适。先生管擦地板与玻璃，打扫院子，收拾花木，给鱼换水，给蝈蝈一两块绿王瓜或几个毛豆；并管上街送信买书等事宜。太太管做饭，女儿任助手——顶好是十二三岁，不准小也不准大，老是十二三岁。儿子顶好是三岁，既会讲话，又胖胖的会淘气。母女干做饭之外，就做点针线，看小弟弟。大件衣服拿到外边去洗，小件的随时自己涮一涮。

既然有这么多工作，自然就没有多少工夫去听戏看电影。不过在过生日的时候，全家就出去玩半天；接一位亲或友的老太太给看家。过生日什么的永远不请客受礼，亲友家送来的红白帖子，就一概扔在字纸篓里，除非那真需要帮助的，才送一些干礼去。到过节过年的时候，吃食从丰，而且可以买一通纸牌，大家打打“索儿胡”，赌铁蚕豆或花生米。

男的没有固定的职业；只是每天写点诗或小说，每千字卖上四五十元钱。女的也没事做，除了家务就读些书。儿女永不上学，由父母教给画图，唱歌，跳舞——乱蹦也算一种舞法——和文字，手工之类。等到他们长大，或者也会仗着绘画或写文章卖一点钱吃饭；不过这是后话，顶好暂且不提。

这一家子人，因为吃得简单干净，而一天到晚又不闲着，所以身体都很不坏。因为身体好，所以没有肝火，大家都不爱闹脾气。除了为小猫上房、金鱼甩子等事着急之外，谁也不急叱白脸的。

大家的相貌也都很体面，不令人望而生厌。衣服可并不讲究，都做得很结实朴素：永远不穿又臭又硬的皮鞋。男的很体面，可不露电影明星气；女的很健美，可不红唇卷毛的鼻子朝着天。孩子们都不卷着舌头说话，淘气而不讨厌。

这个家庭顶好是在北平，其次是成都或青岛，至坏也得在苏州。无论怎样吧，反正必须在中国，因为中国是顶文明顶平安的国家；理想的家庭必在理想的国内也。

旅人的心

鲁彦

或是因为年幼善忘，或是因为不常见面，我最初几年中对父亲的感情怎样，一点也记不起来了。至于父亲那时对我的爱，却从母亲的话里就可知道。母亲近来显然在深深地纪念父亲，又加上年纪老了，所以一见到她的小孙儿吃牛奶，就对我说了又说：

“正是这牌子，有一只老鹰！……你从前奶子不够吃，也吃的这牛奶。你父亲真舍得，不晓得给你吃了多少。有一次竟带了一打来，用木箱子装着。那是比现在贵得多了。他的收入又比你现在的少……”

不用说，父亲是从我出世后就深爱着我的。

但是我自己所能记忆的我对于父亲的感情，却是从六七岁起。

父亲向来是出远门的。他每年只回家一次，每次约在家里住一个月。时期多在年底年初。每次回来总带了许多东西：肥皂、蜡烛、洋火、布匹、花生、豆油、粉干……都够一年的吃用。此外还有专门给我的帽子、衣料、玩具、纸笔、书籍……

我平日最喜欢和姊姊吵架，什么事情都不能安静，常常挨了母亲的打，也还不肯屈服。但是父亲一进门，我就完全改变了，安静得仿佛天上的神到了我们家里，我的心里充满了畏惧，但又不像对神似的慑于他的权威，却是在畏惧中间藏着无限的喜悦，而这喜悦中间却又藏着说不出的亲切的。我现在不再叫喊，甚至不大说话了；我不再跳跑，甚至连走路的脚步也十分轻了；什么事情我该做的，用不着母亲说，就自己去做好；什么事情我该对姊姊退让的，也全退让了。我简直换了一个人，连自己也觉得：聪明，诚实，和气，勤力。

父亲从来不对我说半句埋怨话，他有着洪亮而温和的音调。他的态度是庄重的，但脸上没有威严却是和气。他每餐都喝一定分量的酒。他的皮肤的血色本来很好，喝了一点酒，脸上就显出一种可亲的红光。他爱讲故事给我听，尤其是喝酒的时候常常因此把一顿饭延长了一二个钟点。他所讲的多是他亲身的阅历，没有一个故事里不含着诚实，忠厚，勇敢，耐劳。他学过拳术，偶然也打拳给我看，但他接着就讲打拳的故事给我听：学会了这一套不可露锋芒，只能在万不得已时用来保护自己。父亲虽然不是医生，但因为祖父是业医的，遗有许多医书，他一生就专门研究医学。他抄写了许多方子，配了许多药，赠送人家，常常叫我帮他的忙。因此我们的墙上贴满了方子，衣柜里和抽屉里满是大大小小的药瓶。

一年一度，父亲一回来，我仿佛新生了一样，得到了学好的机会：有事可做也有学问可求。

然而这时间是短促的。将近一个月他慢慢开始整理他的行装，一样一样的和母亲商议着别后一年内的计划了。

到了远行的那夜一时前，他先起了床，一面打扎着被包箱夹，一面要母亲去预备早饭。二时后，吃过早饭，就有划船老大在墙外叫喊起来，是父亲离家的时候了。

父亲和平日一样，满脸笑容。他确信他这一年的事业将比往年更好。母亲和姊姊虽然眼眶里贮着惜别的眼泪，但为了这是一个吉日，终于勉强地把眼泪忍住了。只有我大声啼哭着，牵着父亲的衣襟，跟到了大门外的埠头上。

父亲把我交给母亲，在灯笼的光中仔细地走下阶级，上了船，船就静静地离开了岸。

“进去吧，很快就回来的，好孩子。”父亲从船里伸出头来，说。

船上的灯笼熄了，白茫茫的水面上只显出一个移动着的黑影。几分钟后，它迅速地消失在几步外的桥的后面。一阵关闭船篷声，接着便是渐远渐低的咕呀咕呀的桨声。

“进去吧，还在夜里呀。”过了一会儿，母亲说着，带了我和姊姊转了身。“很快就回来了，不听见吗？留在家里，谁去赚钱呢？”

其实我并没想到把父亲留在家里，我每次是只想跟父亲一道出门的。

父亲离家老是在夜里，又冷又黑。想起来这旅途很觉可怕。那样的夜里，岸上是没有行人也没有声音的，倘使有什么发现，那就十分之九是可怕的鬼怪或恶兽。尤其是在河里，常常起着风，到处都潜着吃人的水鬼。一路所经过的两岸大部分极其荒凉，这里一个坟墓，那里一个棺材，连白天也少有行人。

但父亲却平静地走了，露着微笑。他不畏惧，也不感伤，他常说男子汉要胆大量宽，而男子汉的眼泪和珍珠一样宝贵。

一年一年过去着，我渐渐大了，想和父亲一道出门的念头也跟着深起来，甚至对于夜间的旅行起了好奇和羡慕。到了十四五岁，乡间的生活完全过厌了，倘不是父亲时常寄小说书给我，我说不定会背着母亲私自出门远行的。

十七岁那年的春天，我终于达到了我的志愿。父亲是往江北去，他送我到上海。那时姊姊已出了嫁生了孩子，母亲身边只留着一个五岁的妹妹。她这次终于遏抑不住情感，离别前几天就不时流下眼泪来，到得那天夜里她伤心地哭了。

但我没有被她的眼泪所感动。我很久以前听到我可以出远门就在焦急地等待着那日子。那一夜我几乎没有合眼，心里充满了说不出的快乐。我满脸笑容，跟着父亲在暗淡的灯笼光中走出了大门。我没注意母亲站在岸上对我的叮嘱，一进船舱，就像脱离了火坑一样。

“竟有这样硬心肠，我哭着，他笑着！”

这是母亲后来常提起的话。我当时欢喜什么，我不知道。我只觉得心里十分的轻松，对着未来，有着模糊的憧憬，仿佛一切都将是快乐的，光明的。

“牛上轭了！”

别人常在我出门前就这样地说，像是讥笑我，像是怜悯我。但我不以为意。我觉得那所谓轭是人所应该负担的。我勇敢地挺了一挺胸部，仿佛乐意地用两肩承受了那负担，而且觉得从此才成为一个“人”了。

夜是美的。黑暗与沉寂的美。从篷隙里望出去，看见一幅黑布蒙在天空上，这里那里镶着亮晶晶的珍珠。两岸上缓慢地往后移动的高大的坟墓仿佛是保护我们的炮垒，平躺着的草扎的和砖盖的棺木就成了我们的埋伏的卫兵。树枝上的鸟巢里不时发出嘁嘁的拍翅声和细碎的鸟语，像在庆祝着我们的远行。河面上一片白茫茫的光微微波动着，船像在柔软轻漾的绸子上滑了过去。船头下低低地响着淙淙的波声，接着是咕呀咕呀的前桨声和有节奏的嘁嚓嘁嚓的后桨拨水声。清冽的水的气息，重浊的泥土的气息和复杂的草木的气息在河面上混合成了一种特殊的亲切的香气。

我们的船弯弯曲曲地前进着，过了一桥又一桥。父亲不时告诉着我，这是什么桥，现在到了什么地方。我静默地坐着，听见前桨暂时停下来，一股寒气和黑影袭进舱里，知道又过了一个桥。

一小时以后，天色渐渐转白了，岸上的景物开始露出明显的轮廓来，船舱里映进了一点亮光，稍稍推开篷，可以望见天边的黑云慢慢地变成了灰白色，浮在薄亮的空中。前面的山峰隐约地走了出来，然后像一层一层地脱下衣衫似的，按次地露出了山腰和山麓。

“东方发白了。”父亲喃喃地念着。

白光像凝定了一会儿，接着就迅速地揭开了夜幕，到处都明亮起来。现在连岸上的细小的枝叶也清晰了。星光暗淡着，稀疏着，消失着。白云增多了，东边天上的渐渐变成了紫色，红色。天空变成了蓝色。山是青的，这里那里弥漫着乳白色的烟云。

我们的船驶进了山峡里，两边全是繁密的松柏、竹林和一些不知名的常青树。河水渐渐清浅，两边露出石子滩来，前后左右都驶着从各处来的船只。不久船靠了岸，我们完成了第一段的旅程。

当我踏上埠头的时候，我发现太阳已在我的背后。这约莫二小时的行进，仿佛我已经赶过了太阳，心里暗暗地充满了快乐。

完全是个美丽的早晨。东边山头上的天空全红了，紫红的云像是被小孩用毛笔乱涂出的一样，无意地成了巨大的天使的翅膀。山顶上一团浓云的中间露出了一个血红的可爱的紧合着的嘴唇，像在等待着谁去接吻。西边的最高峰上已经涂上了明耀的光辉。平原上这里那里升腾着白色的炊烟，雾一样。埠头上忙碌着男女旅客，成群地往山坡上走了去。挑夫、轿夫，喊着道，追赶着，跟随着，显得格外的紧张。

就在这热闹中，我跟在父亲的后面走上了山坡，第一次远离故乡跋涉山水，去探问另一个憧憬着的世界，勇往地肩起了“人”所应负的担子。我的血在沸腾着，我的心是平静的，平静中含着欢乐。我坚定地相信我将有一个光明的伟大的未来。

但是暴风雨卷着我的旅程，我愈走愈远离了家乡。没有好的消息给母亲，也没有如母亲所期待的三年后回到家乡。一直过了七八年，我才负着沉重的心，第一次重踏到生长我的土地。那时虽走着出门时的原来路线，但山的两边的两条长的水路已经改驶了汽船，过岭时换了洋车。叮叮叮叮的铃子和呜呜的汽笛声激动着旅人的心。

到得最近，路线完全改变了。山岭已给铲平，离开我们村庄不远的地方，开了一条极长的汽车路。她把我们旅行的时间从夜里二时出发改做了午后二时。然而旅人的心愈加乱了，没有一刻不是强烈地被震动着。父亲出门时是多么的安静，舒缓，快乐，有希望。他有十年二十年的计划，有安定的终身的职业。而我呢？紊乱，匆忙，忧郁，失望，今天管不着明天，没有一种安定的生活。

实际上，父亲一生是劳碌的，他独自负荷着家庭的重任，远离家乡一直到他七十岁为止。到得将近去世的几年中，他虽然得到了休息，但还依然刻苦地帮着母亲治理杂务。然而，他一生是快乐的。尽管天灾烧去了他亲手支起的小屋，尽管我这个做儿子的时时在毁损着他的遗产，因而他也难免起了一点忧郁，但他的心一直到临死的时候为止仍是十分平静的。他相信着自己，也相信着他的儿子。

我呢？我连自己也不能相信。我的心没有一刻能够平静。

当父亲死后二年，深秋的一个夜里二时，我出发到同一方向的山边去，船同样地在柔软轻漾的绸子似的水面滑着，黑色的天空同样地镶着珍珠似的明星，但我的心里却充满了烦恼，忧郁，凄凉，悲哀，和第一次跟着父亲出远门时的我仿佛是两个人了。

原来我这一次是去掘开父亲给自己造成的坟墓，把他永久地安葬的。

孩子的马车

鲁彦

为了工作的关系，我带着家眷从故乡迁到上海来住了。收入是微薄的，我决定在离开热闹的区域较远的所在租下了两间房子。照着过去的习惯，这里是依然被称为乡下的，但我却很满意，觉得比那被称为上海的热闹区域还好。这里有火车，有汽车，交通颇方便，这里有田野，有树木，空气很新鲜，这里的房租相当的便宜，合于我的经济情形；最后则是这里的邻居多和我一样的穷困，不至于对我射出轻蔑的眼光来。

于是我住下了，很安心地，而且一星期之后，甚至还发现了几个特点，几乎想永久地住下去了：第一是清静，合宜于我的工作；其次是朴素，合宜于我的孩子们的教养；再次是前后左右的邻居大部分是书店的编辑或学校的教员，颇可做做朋友的。

但是过了不久我不能安静地工作了。

“爸爸！爸爸！”……我的两个孩子一天到晚地叫着，

扯我的衣服，推我的椅子，爬到我的桌子上来，抢我的纸笔，扰乱我的工作。

为的什么呢？

“去买一个汽车来，红红的！像金生的那样！”

这真是天晓得，我哪里去弄这许多钱？房租要付，衣服要做，饭要吃，每天还愁着支持不下来，却斜刺里来了这一个要求。

“金生是谁呀？”

“六号的小朋友！”他们已经交结下了朋友了。“红红的！两个人好坐的，有玻璃，有喇叭——嘟！……”

这就够了，我知道那样的车子是非三十几元钱不办的。

“去问妈妈，我没有钱。”我说。

他们去了，但又立刻跑了回来，叫着说：

“问爸爸呀！妈妈说的！”

我摇了一摇头：

“我没有钱。”

于是他们哭了，蹬着脚，挥着手，扭着身子，整个的房子像要被震动得塌下来了似的。

“好呀，好呀，等我拿到钱去买呀！现在不准闹。”我终于把他们遏制住了。

但这也只是暂时的。第二天，他们又闹了，第三天又闹了，一直闹了下去，用眼泪，用叫号，仿佛永不会完结似的。

“唉，七岁了还这么不懂事。”妻对着大的孩子说，“你比妹妹大了两岁，应该知道呀！买这样贵的玩具的钱，可以给你做许多漂亮的衣服呢！”

“那你买一个脚踏车给我，像八号的！”大的孩子回答说，他算是让步了。

“好的，好的，等爸爸有了钱，是吗？”妻说，对我丢了一个眼色。

我点了一点头。

但这也是不可能的。像八号的孩子那样，就要八九元，而且是一个人坐的，买起来就得买两只。这希望，只好叫他们无限期地等待下去了。夏天已经来到，蚊子嗡嗡地叫了起来，帐子还没有做。我的身上的夹衣有点不能耐了，两件半新旧的单衫还寄在人家的屋子里。今天有人来收米账，明天有人来收煤账。偶然预支到一点薪水，没有留过夜，就分配完了。生活的重担紧紧地压迫着我透不过气来，我终于发气了，有一天，当他们又来扰乱我的工作的时候。

“滚开！”我捻着拳头，几乎往孩子的头上打了下去，一面愤怒地说着，忘记了他们是孩子。“不会偷，不会盗，又不会像人家似的向资本家讨好，我到哪里去弄这许多钱来呀？……”

孩子们害怕了，这次一点也不敢哭，睁着惊惧的眼睛，偷偷地溜着走了出去。

他们有好几天不曾来扰乱我的工作。尤其是大的孩子，一看见我就远远地躲了开去，一天到晚低着头没有走出门外去。我起初很满意自己的举动，觉得意外地发现了管束孩子的方法，但随后却渐渐看出了我的大孩子不仅对我冷淡，对什么人都冷淡了，他变得很沉默，没有一点笑脸。他的眼睛里含着失望的忧郁的光，常常一个人在屋角里坐着翕动着嘴唇，仿佛在自言自语似的。

“为了一个车子呵，”有一天，妻对我说，“这几天来变了样子，连饭也不大爱吃，昨夜还听见他说梦话，问你要一个车子呢！”

我的心立刻沉下了，想不到一个小小的孩子对于自己的欲望就有着这样的固执。真的，他这几天来不但胃口坏得很，连颜色也变黄了。肌肉显然消瘦了许多，额上，颈上和手腕上都露出青筋来。这样下去是可怕的，我这个做父亲的人须得实现他的希望了，无论怎样的困难。

“好了，好了，爸爸就给你去买来，好孩子。”我于是安慰着孩子说，“但可只有一个，和妹妹分着骑，你是哥哥不能和她争夺的，听话吗？”

他的眼中立刻射出闪烁的光来，满脸都是笑容，他的妹妹也喜欢得跳跃了。

“听话的！我让妹妹先骑！”大的孩子叫着说。

于是我戴上帽子，预备走了，但妻却止住了我：

“你做什么要哄骗孩子呢？回来没有车子，不是更使他们失望吗？你袋袋里不是只有两元钱了，哪里够买一辆车子呀！”

“我自有办法，”我说着走了，“一定给买来的。”

我从报上知道有一家公司正在廉价，说是有一种车子只要一元几毛钱。那么我的孩子可以得到一辆了。

那是一种小小的马车，有着木做的白色的马头，但没有马的身子。坐人的地方是圈椅的形式，漆得红红的，也颇美丽，轮子是铁的，也有薄薄的橡皮围着。

“是牺牲品呢！”公司里的人说。“从前差不多要卖四元，现在只有两辆了。”

我检查了一遍，尚无什么损坏，就立刻付了一元七毛半的代价，提着走了。

来去的时间相当的长，下午二时出门，到得家里已是黄昏时候。两个孩子正在弄堂外站着，据说是从我出门不到半点钟就在那里等候着的。

“啊，车子！啊！车子！”他们远远地就这样叫着，迎了上来，到得身边，一个抱住马头，一个扳住圈椅，便像要把它拆成两截一样。

“这车子，比人家的怎么样呀？”我按住了他们的手，问着。

“比人家的好！比人家的好！这是个马车，好看，好看！”两个孩子一致地回答说，欢喜得像要把它吞下去了似的。

“可不能争夺，一个一个轮着骑呢，听见吗？”

“听见的。”

“谁先骑？”

“妹妹先骑吧。”大孩子说着放了手，但又像舍不得似的，热情地亲爱地摸一摸那马头上的鬃毛，然后才怅惘地红着脸退了开去。

我不能知道他是怎样克服他自己的，我只看见他的眼睛里亮晶晶地闪动着泪珠。他的心显然在强烈地跳跃着。

我发现这辆车子够好了，它很轻快，没有那汽车的呆笨，而且给大孩子骑不会太小，给小孩子骑不会太大。他们很快地就练习得纯熟了。

“得而！得而！”他们一面这样喊着，像是骑在真的马上一样。

这是我的大孩子记起来的，他到过北方，看见过许多马车和骡车。现在他居然成了沙漠上的旅行者了。而且他还很得意，说是六号的小汽车不如这马车。

“我的是汽车呀！嘟……”六号的孩子说。

“我的是马车！得而……”

“是匹死马呀！”

“是个假汽车哩！”

“看谁跑得快！”

“比赛——一，二，三！”

我看见马车跑赢了，汽车到底是呆笨的，铁塔铁塔，既会响又吃力，不像马车的轻捷，尤其是转弯抹角，非跳出车子外，把它拖着走不可，尤其是跳进跳出，只能像绅士似的慢慢地来，不然就钩住了衣服，钩住了腿子。

我和妻都非常的喜悦。我们以前总以为穷人的孩子是没有享受幸福的命运的。

“早晓得这样，早就给他们买了。”我喃喃地说。

我从此可以安静地工作了，孩子们再也不来扰乱，他们一天到晚在外面玩那车子，甚至连饭也忘记吃，没有心思吃了。

然而这样幸福的时间，却继续得并不久。不到十天，那辆小小的马车完结了。

我听见孩子在弄堂里尖利的哭号的声音，跑出去看时，这辆马车已经倒在地上。它的头可怜地弯曲着，睁着损伤的眼睛，仿佛在那里流眼泪，它的前面的一个饮轮了折断了，不胜痛苦似的屈伏着。大孩子刚从地上爬起来，手背流着血。

“是他呀！他呀！”我的五岁的小孩叫着说，用手指指着。

那是六号的小孩。他坐在他的汽车里，睁着愤怒的眼望着我的孩子。

“是他来撞我的！”他说。

“是他呀！他对我一直冲了过来！”我的大孩子哭号着说，“他恨我的车子跑得快！”

“要你赔！”小的孩子叫着说。

“你把我车头的漆撞坏了，要你赔！”

他们开始争吵了，大家握着拳，像要相打起来。

“算了，算了，”我叫着说，“赶快回家！”

“我早就说过，买车子不如做衣服穿！果然没几天就撞坏了！”妻也走了出来说，“没有撞坏人，还算好的呀！”

我们拖着那可怜的马车，逼着孩子回到了家里。好不容易止住了大孩子的哭泣，细细检查那辆马车，已经没有一点救济的办法，只好把它丢到屋角去。

“一定是原来就坏的，所以这样便宜哪！”妻说。

“那自然，”我说，“即使不坏，也不会结实的，所以是牺牲品呵。这十天来也玩得够了，现在就废物利用，把木头的一部分拆下来烧饭吧。”

“那不能！”大孩子着急地叫着说，“我要的！”

他立刻跑去，把那个歪曲了的马头抱住了。许久许久，我还看见他露着忧郁的眼光，翕动着嘴唇在低声地说着什么，轻轻地抚摸着他所珍爱的结束了生命的马车。

一连几天，他没有开过笑脸。

守岁烛

缪崇群

蔚蓝静穆的空中，高高地飘着一两个稳定不动的风筝，从不知道远近的地方，时时传过几声响亮的爆竹，——在夜晚，它的回音是越发地撩人了。

岁是暮了。

今年侥幸没有他乡做客，也不曾颠沛在那迢遥的异邦，身子就在自己的家里；但这个陋小低晦的四围，没有一点生气，也没有一点温情，只有像垂死般的宁静，冰雪般的寒冷。一种寥寂与没落的悲哀，于是更深地把我笼罩了，我永日沉默在冥想的世界里。

因为想着逃脱这种氛围，有时我便独自到街头徜徉去，可是那些如梭的车马，鱼贯的人群，也同样不能给我一点兴奋或慰藉，他们映在我眼睑的不过是一幅熙熙攘攘的世相，活动的，滑稽的，杂乱的写真，看罢了所谓年景归来，心中越是惆怅的没有一点皈依了。

啊！ What is a home without mother？[①]

我又陡然地记忆起这句话了——它是一个歌谱的名字，可惜我不能唱它。

在那五年前的除夕的晚上，母亲还能斗胜了她的疾病，精神很焕发地和我们在一起聚餐，然而我不知怎么那样地不会凑趣，我反郁郁地沉着脸，仿佛感到一种不幸的预兆似的。

“你怎么了？”母亲很担心地问。

“没有怎么，我是好好的。”

我虽然这样回答着，可是那两股辛酸的眼泪，早禁不住就要流出来了。我急忙转过脸，或低下头，为避免母亲的视线。

“少年人总要放快活些，我像你这般大的年纪，还一天玩到晚，什么心思都没有呢。”

母亲已经把我看破了。

我没有言语。父亲默默地呷着酒；弟弟尽独自挟他所喜欢吃的东西。

自己因为早熟一点的缘故，不经意地便养成了一种易感的性格。每当人家欢喜的时刻，自己偏偏感到哀愁；每当人家热闹的时刻，自己却又感到一种莫名的孤独。究竟为什么呢？我是回答不出来的……

---

① 可译为“没有母亲的家是怎样的啊？”。

——没有不散的筵席，这句话的黑影，好像正正投满了我的窄隘的心胸。

饭后过了不久，母亲便拿出两个红纸包儿出来，一个给弟弟，一个给我，给弟弟的一个，立刻便被他拿走了，给我的一个，却还在母亲的手里握着。

红纸包里裹着压岁钱，这是我们每年所最盼切而且数目最多的一笔收入，但这次我是没有一点兴致接受它的。

“妈，我不要吧，平时不是一样地要么？再说我已经渐渐长大了。”

“唉，孩子，在父母面前，八十岁也算不上大的。”

“妈妈自己尽辛苦节俭，哪里有什么富余的呢？”我知道母亲每次都暗暗添些钱给我，所以我更不愿意接受了。

“这是我心愿给你们用的……”母亲还没说完，这时父亲忽然在隔壁带着笑声地嚷了：

“不要给大的了，他又不是小孩子。”

“别睬他，快拿起来吧。”母亲也抢着说，好像哄着一个婴孩，唯恐他受了惊吓似的……

佛前的香气，蕴满了全室，烛光是煌煌的。那慈祥，和平，闲静的烟纹，在黄金色的光幅中缭绕着，起伏着，仿佛要把人催得微醉了，定一下神，又似乎自己乍从梦里醒觉过来一样。

母亲回到房里的时候，父亲已经睡了；但她并不立时卧下休息，她尽沉思般地坐在床头，这时我心里真凄凉起来了，于是我也走进了房里。

房里没有灯，靠着南窗底下，烧着一对明晃晃的蜡烛。

“妈今天累了吧？”我想赶去这种沉寂的空气，并且打算伴着母亲谈些家常。我是深深知道我刚才那种态度太不对了。

“不——”她望了我一会儿又问，“你怎么今天这样不喜欢呢？”

我完全追悔了，所以我也很坦白地回答母亲：

“我也说不出为什么，逢到年节，心里总感觉着难受似的。”

“年轻的人，不该这样的，又不像我们老了，越过越淡。”

——是的，越过越淡，在我心里，也这样重复地念了一遍。

“房里也点蜡烛做什么？”我走到烛前，剪着烛花问。

“你忘记了么？这是守岁烛，每年除夕都要点的。”

那一对美丽的蜡烛，它们真好像穿着红袍的新人。上面还题着金字：寿比南山……

“太高了一点吧？”

“你知道守岁守岁，要从今晚一直点到天明呢。最好是一同熄——所谓同始同终——如果有剩下的便留到清明晚间照百虫，这烛是一照影无踪的……”

……

在烛光底下，我们不知坐了多久；我们究竟把我们的残余的，唯有的一岁守住了没有呢，哪怕是蜡烛再高一点，除夕更长一些？

外面的爆竹，还是密一阵疏一阵地响着，只有这一对守岁烛是默默无语，它的火焰在不定地摇曳，泪是不止地垂滴，自始至终，自己燃烧着自己。

明年，母亲便去世了，过了一个阴森森的除夕。

第二年，第三年，我都不在家里……是去年的除夕吧，在父亲的房里，又燃起了“一对”明晃晃的守岁烛了。

——母骨寒了没有呢？我只有自己问着自己。

又届除夕了，环顾这陋小，低晦，没有一点生气与温情的四围——比去年更破落了的家庭，唉，我除了凭吊那些黄金的过往以外，哪里还有一点希望与期待呢？

岁虽暮，阳春不久就会到来……

心暮了，生命的火焰，将在长夜里永久逝去了！

傅雷家书（节选）

傅雷

一九五四年一月十九日晚

昨夜一上床，又把你的童年温了一遍。可怜的孩子，怎么你的童年会跟我的那么相似呢？我也知道你从小受的挫折对于你今日的成就并非没有帮助；但我做爸爸的总是犯了很多很重大的错误。自问一生对朋友对社会没有做什么对不起的事，就是在家里，对你和你妈妈做了不少有亏良心的事。这些都是近一年中常常想到的，不过这几天特别在脑海中盘旋不去，像噩梦一般。可怜过了四十五岁，父性才真正觉醒！

今儿一天精神仍未恢复。人生的关是过不完的，等到过得差不多的时候，又要离开世界了。分析这两天来精神的波动，大半是因为：我从来没爱你像现在这样爱得深切，而正在这爱得最深切的关头，偏偏来了离别！这一关对我，对你妈妈都是从未有过的考验。别忘了妈妈之于你不仅仅是一般的母爱，而尤其因为她为了你花的心血最多，为你受的委屈——当然是我的过失——最多而且最深最痛苦。园丁以血泪灌溉出来的花果迟早得送到人间去让别人享受，可是在离别的关头怎么免得了割舍不得的情绪呢？

跟着你痛苦的童年一齐过去的，是我不懂做爸爸的艺术的壮年。幸亏你得天独厚，任凭如何打击都摧毁不了你，因而减少了我一部分罪过。可是结果是一回事，当年的事实又是一回事：尽管我埋葬了自己的过去，却始终埋葬不了自己的错误。孩子，孩子！孩子！我要怎样地拥抱你才能表示我的悔恨与热爱呢！

一九五四年一月三十日晚

亲爱的孩子，你走后第二天，就想写信，怕你嫌烦，也就罢了。可是没一天不想着你，每天清早六七点就醒，翻来覆去地睡不着，也说不出为什么。好像克利斯朵夫[①]的母亲独自守在家里，想起孩子童年一幕幕的形象一样；我和你妈妈老是想着你二三岁到六七岁间的小故事。这一类的话我们不知有多少可以和你说，可是不敢说，你这个年纪是一切向前

① 克利斯朵夫：法国作家罗曼·罗兰长篇巨著《约翰·克利斯朵夫》的主角，是一个音乐家。该书于1915年获得诺贝尔文学奖，后由傅雷翻译为中文版。

往的，不愿意回顾的；我们噜哩噜苏地抖出你尿布时代的往事，会引起你的憎厌。孩子，这些我都很懂得，妈妈也懂得。只是你的一切终身会印在我们脑海中，随时随地会浮起来，像一幅幅的小品图画，使我们又快乐又惆怅。

真的，你这次在家一个半月，是我们一生最愉快的时期；这幸福不知应当向谁感谢，即使我没宗教信仰，至此也不由得要谢谢上帝了！我高兴的是我又多了一个朋友；儿子变了朋友，世界上有什么事可以和这种幸福相比的！尽管将来你我之间离多别少，但我精神上至少是温暖的，不孤独的。我相信我一定会做到不太落伍，不太冬烘，不至于惹你厌烦。也希望你不要以为我在高峰的顶尖上所想的，所见到的，比你们的不真实。年纪大的人终是往更远的前途看，许多事你们一时觉得我看得不对，日子久了，现实却给你证明我并没大错。

孩子，我从你身上得到的教训，恐怕不比你从我得到的少。尤其是近三年来，你不知使我对人生多增了几许深刻的体验，我从与你相处的过程中学得了忍耐，学到了说话的技巧，学到了把感情升华！

你走后第二天，妈妈哭了，眼睛肿了两天：这叫作悲喜交集的眼泪。我们可以不用怕羞地这样告诉你，也可以不担心你憎厌而这样告诉你。人毕竟是感情的动物。偶然流露也不是可耻的事。何况母亲的眼泪永远是圣洁的，慈爱的！

一九五四年二月二日（除夕）

亲爱的孩子，等了多久，终于等着了你的信。你忙，我们自然想象得到，也自然原谅你写信写得迟。只担心一件事，怕你吃东西不正常不努力，营养不够。希望你为了我们，“努力加餐饭”！我指的特别是肉类，不一定要多米饭。

刚才打电话去问中国旅行社，说琴已经装出，在路上了。你可请张宁和代向旅行社嘱咐一番，琴到时搬运要特别小心。北京坏了琴，没人修；这是一件大事，不用怕麻烦人家。运到团里时，外面包的蔑，千万不要自己拆，很容易刺坏手，而你的手，不用说该知道特别保护！粗绳子也容易伤手。你一定要托工友们代办。以上两点，务望照办为要！

……昨晚七时一刻至八时五十分电台广播你在市三弹的四曲Chopin①，外加encore②的一支*Polonaise*③，效果甚好，就是低音部分模糊得很；琴声太扬，像我第一天晚上到

① 即弗里德里克·弗朗索瓦·肖邦（1810—1849），波兰作曲家、钢琴家。

② 音乐会或其他演出结束时加演的节目，现常直接用音译“安可”来表示。

③ 《波罗乃兹》，一种波兰舞曲。

小礼堂空屋子里去听的情形。以演奏而论，我觉得大体很好，一气呵成，精神饱满，细腻的地方非常细腻，tone colour[①]变化的确很多。我们听了都很高兴，很感动。好孩子，我真该夸奖你几句才好。回想五一年四月刚从昆明回沪的时期，你真是从低洼中到了半山腰了。希望你从此注意整个的修养，将来一定能攀登峰顶。从你的录音中清清楚楚感觉到你一切都成熟多了，尤其是我盼望了多少年的你的意志，终于抬头了。我真高兴，这一点我看得比什么都重。你能掌握整个的乐曲，就是对艺术加强深度，也就是你的艺术灵魂更坚强更广阔，也就是你整个的人格和心胸扩大了。孩子，我要重复Bronstein[②]信中的一句话，就是我为了你而感到骄傲！

今天是除夕了，想到你在远方用功，努力，我心里说不尽的欢喜。别了，孩子，我在心中拥抱你！

① tone colour：音色，音调。

② 即阿达·布朗斯坦夫人，傅聪的钢琴教师，原籍俄罗斯，出生于中国哈尔滨，后随丈夫定居加拿大。对傅聪有重要影响。

献给母亲

靳以

妈，今天去看过了您，我们一共是五个。除开了远在 ×× 的畴和在 ×× 的功没有能回来，您的孩子们都去了。丕是才从 ×× 赶回来的，其实他在奉天已经知道了您永远离开了我们；可是他在信中说：总不信那是真实的事。这是真的，妈妈，我们到现在也还想着那不是一件真事。我们是被欺骗了——许是被这隐隐的伟大的命运骗过了。这是一个翻天覆地的大骗局，就把您的孩子们都丢到悲哀之中了。我们时常想到您并没有离开我们，我们听到您的声音，我们也看到您的容颜；可是当我们贪婪地张大了眼睛去看望和更沉下心去谛听就什么都没有了，没有一点音响（那也许是沉沉的午夜），留在眼前的是一片黑。对了，妈，是一片黑，没有了妈妈，什么都是黑的。

一年的卧病，尽给您无限的苦痛了；这样想，您的永息也许不全然是不幸福的。可是我们从来都不曾那样想，我们就忘记了您是病过的。我们只记着您那不断为大灾小病侵扰而还能走出走进的躯体和那清癯的面容，吩咐着这些，关照着那些。您总是为那些细碎的事情操劳，既丢不下又放不下，心里还总是想着每一个孩子。我们只觉得您是生生地被“掠夺去了”——当中存在着遥远的不可能的距离。可是我们叫您，没有回应，我们想再看一下您的脸听一声您的语音都不可能，就陡地忆起，母亲真的是永远离开我们了。

丕是清早到的，午前便同了我们去看您。自从您离开我们，我们都有一点愚昧，我们不忍使您就长眠到坟墓中去，我们使您有一间自己住的房子。当着我们把您的棺木放到那间房里的时候，我们又想到“妈是不是会怕呢？”把您安置在那么一个陌生的地方，我们都放不下心。我们想着一向您是怕黄昏怕黑夜的，而且那个地方离家又是那么远。为了孩子们，生前您不是连一步也不肯离开么？从前每天是由我们守了您，在病中是更甚。我总记得有一天您在半夜中要我睡到您的身边，第二天您才告诉我梦中一个老妇人拉着您走，您说是哪里也不要去，只要跟孩子睡在一处。可是，您却仍然孤零零地躺在那里，我们没有一个能来陪您。

丕是更伤心哭得站不起身，因为他没有看您最后的一眼。我们也都哭，尽情地使泪流出来，再不像和璇姊伴着您病的时节，尽力忍着哀恸，虽然是泪流满了脸，也不使您知道我们在啜泣。您没有想到会永远离开我们；每次看到您忍苦喝下药，我们就更感觉到心的刺痛。可是当着您叫着我们，我们只有抹干了眼睛才急匆匆地来到您的身边，今天我们却使泪尽量地流，大声地哭号，但愿我们的声音能惊动了您，使您再睁开眼看一看您孤单的孩子们。

时时我们俯在棺木上谛听，妄想着或许您能活转来。我们都离不开您！我们要妈妈！我们把一些鲜花撒在您的四周，我们忘记了您是喜欢什么样的花了。因为心中总有着您，就怕想起来您的喜恶。我们也嫉妒那些有生和无生的物件，它们分过您不少的感情。看着您常用的一面镜子，就气恨地想着它是太幸福了，因为在那上面每天总一两次地投映着您的影像。

璇的生活是安适的，泽和她的感情十分好。他们的生活也安排得妥妥当当。年岁顶小的天，个性原是谨慎周密，很知道看管自己。从肺病的侵害中逃出来了的伦身体也渐渐好起来！丕离开了家，一年多的时候，也使他成为安详沉着了。才踏进社会的功，对于做人这一面也有了显著的进步，仍然还保留着他那份热心。畴是勤劳的孩子，他一向住在远处，总能不使人惦记。我呢，自知是不能比得起妈的，从此却要尽自己的一点力来照顾弟弟们，这样您就可以稍稍放下一点心。

我自己原是过得惯这冷清的日子，只是住在这个院落中，在这样的心情下，我不知道是不是还能好好地生活下去。大而寂然的庭院，伴着我们几个没有妈妈的孩子们，看看这里，看看那里都是空。我们怕看一眼您那住室，连一缕微弱的灯光也没有了。惊奇在心中一天不知道要跳起几回，有时就踮起脚走近您的窗前，谛听您是否已经熟睡了（当着您病的时节就每天是这样做的）。从前我是听不到音响就把心安下去，现在却是因为那无边的沉静突然就使我记起来总是离开了我们。我的眼泪急切地流出，又怕为父亲见了伤心，就一个人跑着跳着，东想西想，要使泪不再流下来。多半我只是失败的，我只能去到不为人所见的地方，痛痛快快地哭一场。

妈，您告诉我们一声，您什么时候再回来呢？多么长的时日也无妨，我们都能等待的。我们好好地看守您的住室，还有您的什么，到那时候我们都等着您的夸奖说：亏你们，这么多年也没改一点样。不论是多少年后，我们都能像孩子一样地在您面前承欢；虽然那时候我想有的已经成为孩子的父亲。

功有电报来了，追悔他的远行。在您病重的时候，在信中他就说到心的不安宁，问询着您的病状。您离开了我们。

我们也没有急速通知他，为了他一个人居住在迢迢万里之外。到第四天才由父亲给他一封信，我都不敢想象他是如何来展读那封信的。这是多么不可能的事——可是却清楚地横亘在我们的面前。

还有什么可说的呢，妈，这都是运命。看到您最后的面相，那么恬静安适，想象着您的心没有什么太大的牵念。能平静地死去自然也是幸福，但是对于您的孩子们，那却是永世不能再补的忧伤。我们想着您，记着您，不会使您家受一点辱没，在我们的心上您将是永生的了。

殇儿记

叶紫

一个月之前，当我的故乡完全沉入水底的时候，我接到我姊姊和岳家同时的两封来信，报告那里灾疫盛行，儿童十有九生疟疾和痢疾，不幸传染到我的儿子身上来了。要我赶快寄钱去求神，吃药，看能不能有些转机。孩子的病症是：四肢冰冷，水泻不停，眼睛不灵活，……等等。

我当时没有将来信给我的母亲和女人看，因为她们都还在病中。而且，我知道：水灾里得到这样病症，是决然不可救治的。

我将我的心儿偷偷地吊起来了！我背着母亲和女人，到处奔走，到处寻钱。有时，便独自儿躲到什么地方，朝着故乡的黯淡的天空，静静地，长时间地沉默着！我慢慢地，从那些飞动的，浮云的絮片里，幻出了我们的那一片汪洋的村落，屋宇，田园。我看见整千整万的灾民，将叶片似的肚皮，挺在坚硬的山石上！我看见畜生们无远近地漂流着！我看见女人和孩子们的号哭！我看见老弱的，经不起磨折的人们，自动地，偷偷地向水里边爬——滚！……

我到处找寻我的心爱的儿子，然而，我看不见。他是死了呢？还是仍旧混在那些病着的，垃圾堆似的，憔悴的人群一起呢？我开始埋怨起我的眼睛来。我使力地将它睁着！睁着！我用手巾将它擦着！终于，我什么都看不出：乌云四合，雷电交加，一个巨大的，山一般的黑点，直向我的头上压来！

我的意识一恢复，我就更加明白：我的孩子是无论如何不会有救的！他也和其他的灾民一样，将叶片似的肚皮挺在坚硬的山石上，哭叫着他的残酷的妈妈和狠心的爸爸！

我深深地悔恨：我太不应该仅仅因了生活的艰困，而轻易地，狠心地将他一个人孤零零地抛在故乡的。现在如何了呢？如何了呢？……啊啊！我怎样才能够消除我的深心的谴责呢？

也许还有转机的吧！赶快寄钱吧！我的心里自宽自慰地想着。我极力地装出了安闲镇静的态度来，我一点都不让我的母亲和女人知道。

一天的下午，我因为要出去看一个朋友，离家了约莫三四个钟头，回来已经天晚了。但我一进门——就听见一阵锐声的，伤痛的嚎哭，由我的耳里一直刺入到心肝！我打了一个踉跄，在门边站住了。我知道，这已经发生了如何不幸的事故！我的身子抖战着，几乎缩成了一团！

我的母亲，从房里突然地扑了出来，扭着我的衣服！六十三岁的老人，就像喝醉了酒的一般，哭哑她的声音了！她骂我是狠心的禽兽，只顾自己的生活，而不知爱惜儿女！甚至连孩子的病信都不早些告诉她。我的女人匍匐在地上，手中抱着孩子的照片，口里喷出了黑色的血污！我的别的一个，已经有了三岁的女孩，为了骇怕这突如其来的变乱，也跟着哇哇地哭闹起来了！

我的眼睛蒙眬着，昏乱着！我的呼吸紧促着！我的热泪像脱了串的珠子似的滚将下来！我并不顾她们的哭闹，就伸手到台子上去抓那封湿透了泪珠和血滴的凶信：

> “……没有钱医治，死了……很可怜的，是阴历七月二十七日的早晨！……这里的孩子死得很多！……大人们也一样！……这里的人都过着鬼的生活，一天一天地都走上死亡的路道了！……”

眼睛只一黑，以后的字句便什么都看不出来了。

夜深时，当她们的哭声都比较缓和了的时候，我便极力地忍痛着，低声地安慰着我的女人：

“还有什么好哭的呢？像我们这样的人，生在这样的世界，原就不应该有孩子的！有了就有了，死了就死了！哭有什么裨益呢？孩子跟着我们还不是活的受罪吗？我们的故乡不是连大人们都整千整万地死吗？饥寒，瘟疫！……你看：你才咳出来的这许多血和痰！……”

我的女人朝着我，咬了一咬她那乌白色的嘴唇，睁着通红的眼，绝望地，幽幽地说：

“为什么呢？我们为什么要遭这样的苦难呢？我们的孩子！我们的故乡！……”

你是我一生的陪伴

刘墉

小时候，父亲常带她去爬山，站在山头远眺台北的家。

“左边有山，右边也有山，这是拱抱之势，后面这座山接着中央山脉，是龙头。好风水！”有一年深秋，看着满山飞舞的白芒花，父亲指着山说：“爸爸就在这儿买块寿地吧！”

“什么是寿地？”

“寿地就是死了之后，做坟墓的地方。”父亲拍拍她的头。

她不高兴，一甩头，走到山边。父亲过去，蹲下身，搂着她，笑笑：“好看着你呀！”

十多年后，她出国念书回来，又跟着父亲爬上山头。

原本空旷的山，已经盖满了坟，父亲带她从坟间一条小路走上去，停在一个红色花岗石的坟前。

碑上空空的，一个字也没有。四周的小柏树，像是新种的。

“瞧！坟做好了。”父亲笑着，“爸爸自己设计的，免得突然死了，你不但伤心，还得忙着买地、修坟，被人敲竹杠。”

她又一甩头，走开了。山上的风大，吹得眼睛酸。父亲掏手帕给她：“你看看嘛！这门开在右边，主子孙的财运，爸爸将来保佑你发财。”

她又出了国，陪着丈夫修博士。父亲在她预产期的前一个月赶到，送她进医院，坐在产房门口守着。紧紧跟在她丈夫背后，等着女婿翻译生产的情况。

进家门，闻到一股香味，不会做饭的父亲，居然下厨炖了鸡汤。

父亲的手艺愈来愈好了，常抱着食谱看，有时候下班回家，打开中文报，看见几个大洞，八成都是食谱被剪掉了。

有一天，她丈夫生了气，狠狠把报摔在地上。厨房里刀铲的声音，一下子变轻了。父亲晚餐没吃几口，倒是看小孙子吃得多，又笑了起来。

小孙子上幼儿园之后，父亲就寂寞了。下班进门，常见一屋子的黑，只有那一台小小的电视机亮着，前面一个黑乎乎的影子在打瞌睡。

心脏在衰弱，父亲的行动愈来愈慢了：慢慢地走，慢慢地吃。只是每次她送孩子出去学琴，父亲都要跟着。坐在钢琴旁的椅子上笑着，盯着孙子弹琴，再垂下头，发出鼾声。

有一天，经过附近的教堂，父亲的眼睛突然一亮：

“唉！那不是坟地吗？埋这儿多好！”

“您忘啦？台北的寿墓都造好了。”

“台北？太远了！死了之后，还得坐飞机，才能来看我孙子。你又信洋教，不烧纸钱给我，买机票的钱都没有。”

拗不过老人，她去教堂打听。说必须是“教友”，才卖她。

星期天早上，父亲不见了，近中午才回来。

“我比手划脚，听不懂英文，可是拜上帝，他们也不能拦着吧！”父亲得意地说。

她只好陪着去。看没牙的父亲，装作唱圣歌的样子，又好笑，又好气。

一年之后，她办了登记，父亲拿着那张纸，一拐一拐地到坟堆里数：“有了！就睡这儿！”又用手杖敲敲旁边的墓碑：“Hello！以后多照顾了！”

丈夫拿到学位，进了个美商公司，调到北京，她不得不跟去。

“到北京，好！先买块寿地，死了，说中文总比跟洋人比手划脚好。”父亲居然比她还兴奋。

“什么是寿地？”小孙子问。

“就是人死了埋葬的地方。”女婿说，“爷爷已经有两块寿地了，还不知足，要第三块。”

当场，两口子就吵了一架。

“爹为自己买，你说什么话？他还不是为了陪我们？”

“陪你，不是陪我！”丈夫背过身，“将来死了，切三块，台北、旧金山、北京，各埋一块！”

父亲没有说话，耳朵本来不好，装作没听见，走开了。

搬家公司来装货柜的那天夜里，父亲病发，进了急诊室。

一手拉着她，一手拉着孙子。从母亲离家，就不曾哭过的父亲，居然落下了老泪：“我舍不得！舍不得！”突然眼睛一亮，“死了之后，烧成灰，哪里也别埋，撒到海里！听话！”

说完，父亲就去了。

抱着骨灰，她哭了一天一夜，也想了许多，想到台北郊外的山头，也想到教堂后面的坟地。

如果照父亲说的，撒到海里，她还能到哪里去找父亲？

她想要违抗父亲的意思，把骨灰送回台北。又想完成父亲生前的心愿，葬到北京。

“老头子糊涂了，临死说的不算数。就近，埋在教堂后面算了。”丈夫说，“人死了，知道什么？”

她又哭了，觉得好孤独。

她还是租了条船，出海，把骨灰一把一把抓起，放在水中，看一点一点，从指间流失，如同她流失的岁月与青春。

在北京待了两年，她到香港；隔三年，又转去新加坡。

在新加坡，她离了婚，带着孩子回到台北。

但是无论在北京、香港、新加坡或台北，每次她心情不好，都开车到海边。一个人走到海滩，赤着脚，让浪花一波波淹过她的足踝。

“爸爸！谢谢您！我可以感觉您的抚摸、您的拥抱，谢谢您！我会坚强地活下去。”

她对大海轻轻地说。发觉自己七海漂泊，总有着父亲的陪伴；不论生与死，父亲总在她的身边。

爱情：爱是甘草

爱眉小札（节选）

徐志摩

1925年8月9日

“幸福还不是不可能的”，这是我最近的发现。

今天早上的时刻，过得甜极了。我只要你，有你我就忘却一切，我什么都不想什么都不要了，因为我什么都有了。与你在一起没有第三人时，我最乐。坐着谈也好，走道也好，上街买东西也好。厂甸我何尝没有去过，但哪有今天那样的甜法。爱是甘草，这苦的世界有了它就好上口了。眉，你真玲珑，你真活泼，你真像一条小龙。

我爱你朴素，不爱你奢华。你穿上一件蓝布袍，你的眉目间就有一种特异的光彩，我看了心里就觉着不可名状的欢喜。朴素是真的高贵。你穿戴齐整的时候当然是好看，但那好看是寻常的，人人都认得的，素服时的眉，有我独到的领略。

“玩人丧德，玩物丧志”，这话确有道理。

我恨的是庸凡，平常，琐细，俗。我爱个性的表现。

我的胸膛并不大，决计装不下整个或是甚至部分的宇宙。我的心河也不够深，常常有露底的忧愁。我即使小有才，决计不是天生的，我信是勉强来的，所以每回我写什么多少总是难产，我唯一的靠傍是刹那间的灵通。我不能没有心的平安，眉，只有你能给我心的平安。在你完全的蜜甜的高贵的爱里，我享受无上的心与灵的平安。

凡事开不得头，开了头便有重复，甚至成习惯的倾向。在恋中人也得提防小漏缝儿，小缝儿会变大窟窿，那就糟了。我见过两相爱的人因为小事情误会斗口，结果只有损失，没有利益。我们家乡俗谚有“一天相骂十八头，夜夜睡在一横头”，意思说是好夫妻也免不了吵。我可不信，我信合理的生活，动机是爱，知识是南针，爱的生活也不能纯粹靠感情，彼此的了解是不可少的。爱是帮助了解的力，了解是爱的成熟，最高的了解是灵魂的化合，那是爱的圆满功德。

没有一个灵性不是深奥的，要懂得真认识一个灵性，是一辈子的工作。这功夫愈下愈有味，像逛山似的，唯恐进得不深。

眉，你今天说想到乡间去过活，我听了顶欢喜，可是你得准备吃苦。总有一天我引你到一个地方，使你完全转变你的思想与生活的习惯。你这孩子其实是太娇养惯了！我今天想起丹农雪鸟的“死的胜利”的结局，但中国人，哪配！眉，你我从今起对爱的生活负有做到他十全的义务。我们应得努力。眉，你怕死吗？眉，你怕活吗？活比死难得多！眉，老实说，你的生活一天不改变，我一天不得放心。但北京就是阻碍你新生命的一个大原因，因此我不免发愁。

我从前的束缚是完全靠理性解开的，我不信你的就不能以同样的方法。万事只要自己决心；决心与成功间的是最短的距离。

往往一个人最不愿意听的话，是他最应得听的话。

1925 年 8 月 10 日

我六时就醒了，一醒就想你来谈话，现在九时半了，难道你还不曾起身，我等急了。

我有一个心，我有一个头，我心动的时候，头也是动的。我真应得谢天，我在这一辈子里，本来自问已是陈死人，竟然还能尝着生活的甜味，曾经享受过最完全，最奢侈的时辰，我从此是一个富人，再没有抱怨的口实，我已经知足。这时候，天坍了下来，地陷了下去，霹雳种在我的身上，我再也不怕死，不愁死，我满心只是感谢。即使眉你有一天（恕我这不可能的设想）心换了样，停止了爱我，那时我的心就像莲蓬似的栽满了窟窿，我所有的热血都从这些窟窿里流走——即使有那样悲惨的一天，我想我还是不敢怨的，因为你我的心曾经一度灵通，那是不可灭的。上帝的意思到处是明显的，他的发落永远是平正的，我们永远不能批评，不能抱怨。

1925 年 8 月 11 日

这过的是什么日子！我这心上压得多重呀！眉，我的眉，怎么好呢？刹那间有千百件事在方寸间起伏，是忧，是虑，是瞻前，是顾后，这笔上哪能写出？眉，我怕，我真怕世界与我们是不能并立的，不是我们把他们打毁成全我们的活，就是他们打毁我们，逼迫我们的死。眉，我悲极了，我胸口隐隐的生痛，我双眼盈盈的热泪，我就要你，我此时要你，我偏不能有你，喔，这难受——恋爱是痛苦，是的眉，再也没有疑义。眉，我恨不得立刻与你死去，因为只有死可以给我们想望的清静，相互的永远占有。眉，我来献全盘的爱给你，一团火热的真情，整个儿给你，我也盼望你也一样拿整个，完全的爱还我。

世上并不是没有爱，但大多是不纯粹的，有漏洞的，那就不值钱，平常，浅薄。我们是有志气的，决不能放松一屑屑，我们得来一个真纯的榜样。眉，这恋爱是大事情，是难事情，是关生死超生死的事情——如其要到真的境界，那才是神圣，那才是不可侵犯。有同情的朋友是难得的，我们现有少数的朋友，就思想见解论，在中国是第一流。他们都是真爱你我，看重你我，期望你我的。他们要看我们做到一般人做不到的事，实现一般人梦想的境界。他们，我敢说，相信你我有这天赋，有这能力。他们的期望是最难得的，但同时你我负着的责任，那不是玩儿。对己，对友，对社会，对天，我们有奋斗到底，做到十全的责任！眉，你知道我这来心事重极了，晚上睡不着不说，睡着了就来怖梦，种种的顾虑整天像刀光似的在心头乱刺。眉，你又是在这样的环境里嵌着，连自由谈天的机会都没有，咳，这真是哪里说起！眉，我每晚睡在床上寻思时，我仿佛觉着发根里的血液一滴滴的消耗，在忧郁的思念中黑发变成苍白。一天二十四小时，心头哪有一刻的平安——除了与你单独相对的俄顷，那是太难得了。眉，我们死去吧，眉，你知道我怎样的爱你，啊眉！比如昨天早上你不来电话，从九时半到十一时，我简直像是活抱着炮烙似的受罪，心那么的跳，那么的痛，也不知为什么，说你也不信，我躺在榻上直咬着牙，直翻身喘着哪！后来再也忍不住了，自己拿起了电话，心头那阵的狂跳，差一点把我晕了。谁知你一直睡着没有醒，我这自讨苦吃多可笑。但同时你得知道，眉，在恋中人的心理是最复杂的心理，说是最不合理可以，说是最合理也可以。眉，你肯不肯亲手拿刀割破我的胸膛，挖出我那血淋淋的心留着，算是我给你最后的礼物？

今朝上睡昏昏的只是在你的左右。那怖梦真可怕，仿佛有人用妖法来离间我们，把我迷在一辆车上，整天整夜地飞行了三昼夜，旁边坐着一个瘦长的严肃的妇人，像是运命自身，我昏昏的身体动不得，口开不得，听凭那妖车带着我跑，等得我醒来下车的时候有人来对我说你已另订约了。我说不信，你戴约指的手指忽在我眼前闪动。我一见就往石板上一头冲去，一声悲叫，就死在地下——正当你电话铃响把我震醒，我那时虽则醒了，但那一阵的凄惶与悲酸，像是灵魂出了窍似的，可怜呀，眉！我过来正想与你好好地谈半点钟天，偏偏你又得出门就诊去，以后一天就完了，四点以后过的是何等不自然而局促的时刻！我与“先生”谈，也是凄凉万状，我们的影子在荷池圆叶上晃着，我心里只是悲惨，眉呀，你快来伴我死去吧！

1925年8月12日

这在恋中人的心境真是每分钟变样，绝对的不可测度。昨天那样的受罪，今儿又这般的上天，多大的分别！像这样的艳福，世上能有几个人享着？像这样奢侈的光阴，这宇宙间能有几多？却不道我年前口占的“海外缠绵香梦境，销魂今日竟燕京”，应在我的甜心眉的身上！B明白了，我真又欢喜又感激！他这来才够交情，我从此完全信托他了。眉，你的福分可也真不小，当代贤哲你瞧都在你的妆台前听候差遣。眉，你该睡着了吧，这时候，我们又该梦会了！说也真怪，这来精神异常的抖擞，真想做事了，眉，你内助我，我要向外打仗去！

1925年8月16日

真怪，此刻我的手也直抖擞，从没有过的，眉，我的心，你说怪不怪，跟你的抖擞一样？想是你传给我的，好，让我们同病，叫这剧烈的心震震死了岂不是完事一宗？事情的确是到门了，眉，是往东走或是往西走你赶快得定主意才是，再要含糊时大事就变成了玩笑，那可真不是玩！他那口气是最分明没有的了。那位亲友我想一定是双心，决不会第二个人。他现在的口气似乎比从前有主意的多，他已经准备“依法办理”。你听他的话“今年决不拦阻你”。好，这回像人了！他像人，我们还不争气吗？眉，这事情清楚极了，只要你的决心，娘，别说一个，十个也不能拦阻你。我的意思是我们同到南边去（你不愿我的名字混入第一步，固然是你的好意，但你知道那是不成功的，所以与其拖泥带浆还不如走大方的路，来一个干脆，只是情是真的，我们有什么见不得人面的地方？）找着P做中间人，解决你与他的事情，第二步当然不用提及，虽则谁不明白？眉，你这回真不能再做小孩了，你得硬一硬心，一下解决了这大事，免得成天怀鬼胎过不自然的痛苦的日子。要知道你一天在这尴尬的境地里嵌着，我也心理上一天站不直，哪能真心去做事，害得谁都不舒服，真是何苦来？眉，救人就是自救，自救就是救人。我最恨的是苟且，因循，懦怯，在这上面无论什么事都是找不到基础的。有志事竟成，没有错儿。奋勇上前吧，眉，你不用怕，有我整个儿在你旁边站着，谁要动你分毫，有我拼着性命保护你，你还怕什么？

今晚我认账心上有点不舒服，但我有解释，理由很长，明天见面再说吧。我的心怀里，除了挚爱你的一片热情外，我决不容留任何夹杂的感想；这册《爱眉小札》里，除了登记因爱而流出的思想外，我也决不愿夹杂一些不值得的成分。眉，我是太痴了，自顶至踵全是爱，你得明白我，你得永远用你的柔情包住我这一团的热情，决不可有一丝的漏缝，因为那时就有爆裂的危险。

给亡妇

朱自清

谦，日子真快，一眨眼你已经死了三个年头了。这三年里世事不知变化了多少回，但你未必注意这些个，我知道。你第一惦记的是你几个孩子，第二便轮着我。孩子和我平分你的世界，你在日如此；你死后若还有知，想来还如此的。告诉你，我夏天回家来着：迈儿长得结实极了，比我高一个头。闰儿父亲说是最乖，可是没有先前胖了。采芷和转子都好。五儿全家夸她长得好看；却在腿上生了湿疮，整天坐在竹床上不能下来，看了怪可怜的。六儿，我怎么说好，你明白，你临终时也和母亲谈过，这孩子是只可以养着玩儿的，他左挨右挨去年春天，到底没有挨过去。这孩子生了几个月，你的肺病就重起来了。我劝你少亲近他，只监督着老妈子照管就行。你总是忍不住，一会儿提，一会儿抱的。可是你病中为他操的那一份儿心也够瞧的。那一个夏天他病的时候多，你成天儿忙着，汤呀，药呀，冷呀，暖呀，连觉也没有好好儿睡过。哪里有一分一毫想着你自己。瞧着他硬朗点儿你就乐，干枯的笑容在黄蜡般的脸上，我只有暗中叹气而已。

从来想不到做母亲的要像你这样。从迈儿起，你总是自己喂乳，一连四个都这样。你起初不知道按钟点儿喂，后来知道了，却又弄不惯；孩子们每夜里几次将你哭醒了，特别是闷热的夏季。我瞧你的觉老没睡足。白天里还得做菜，照料孩子，很少得空儿。你的身子本来坏，四个孩子就累你七八年。到了第五个，你自己实在不成了，又没乳，只好自己喂奶粉，另雇老妈子专管她。但孩子跟老妈子睡，你就没有放过心；夜里一听见哭，就竖起耳朵听，工夫一大就得过去看。十六年初，和你到北京来，将迈儿，转子留在家里；三年多还不能去接他们，可真把你惦记苦了。你并不常提，我却明白。你后来说你的病就是惦记出来的；那个自然也有份儿，不过大半还是养育孩子累的。你的短短的十二年结婚生活，有十一年耗费在孩子们身上；而你一点不厌倦，有多少力量用多少，一直到自己毁灭为止。你对孩子一般儿爱，不问男的女的，大的小的。也不想到什么“养儿防老，积谷防饥”，只拼命的爱去。你对于教育老实说有些外行，孩子们只要吃得好玩得好就成了。这也难怪你，你自己便是这样长大的。况且孩子们原都还小，吃和玩本来也要紧的。你病重的时候最放不下的还是孩子。病得只剩皮包着骨头了，总不信自己不会好；老说："我死了，这一大群孩子可苦了。"后来说送你回家，你想着可以看见迈儿和转子，也愿意；你万不想到会一走不返的。我送车的时候，你忍不住哭了，说："还不知能不能再见？"可怜，你的心我知道，你满想着好好儿带着六个孩子回来见我的。谦，你那时一定这样想，一定的。

除了孩子，你心里只有我。不错，那时你父亲还在；可是你母亲死了，他另有个女人，你老早就觉得隔了一层似的。出嫁后第一年你虽还一心一意依恋着他老人家，到第二年上我和孩子可就将你的心占住，你再没有多少工夫惦记他了。你还记得第一年我在北京，你在家里。家里来信说你待不住，常回娘家去。我动气了，马上写信责备你。你教人写了一封复信，说家里有事，不能不回去。这是你第一次也可以说第末次的抗议，我从此就没给你写信。暑假时带了一肚子主意回去，但见了面，看你一脸笑，也就拉倒了。打这时候起，你渐渐从你父亲的怀里跑到我这儿。你换了金镯子帮助我的学费，叫我以后还你；但直到你死，我没有还你。你在我家受了许多气，又因为我家的缘故受你家里的气，你都忍着。这全为的是我，我知道。那回我从家乡一个中学半途辞职出走。家里人讽你也走。哪里走！只得硬着头皮往你家去。那时你家像个冰窖子，你们在窖里足足住了三个月。好容易我才将你们领出来了，一同上外省去。小家庭这样组织起来了。你虽不是什么阔小姐，可也是自小娇生惯养的，做起主妇来，什么都得干一两手；你居然做下去了，而且高高兴兴地做下去了。菜照例满是你做，可是吃的都是我们；你至多夹上两三筷子就算了。你的菜做得不坏，有一位老在行大大地夸奖过你。你洗衣服也不错，夏天我的绸大褂大概总是你亲自动手。你在家老不乐意闲着；坐前几个“月子”，老是四五天就起床，说是躺着家里事没条没理的。其实你起来也还不是没条理；咱们家那么多孩子，哪儿来条理？在浙江住的时候，逃过两回兵难，我都在北平。真亏你领着母亲和一群孩子东藏西躲的；末一回还要走多少里路，翻一道大岭。这两回差不多只靠你一个人。你不但带了母亲和孩子们，还带了我一箱箱的书；你知道我是最爱书的。在短短的十二年里，你操的心比人家一辈子还多；谦，你那样身子怎么经得住！你将我的责任一股脑儿担负了去，压死了你；我如何对得起你！

你为我的捞什子书也费了不少神；第一回让你父亲的男用人从家乡捎到上海去。他说了几句闲话，你气得在你父亲面前哭了。第二回是带着逃难，别人都说你傻子。你有你的想头：“没有书怎么教书？况且他又爱这个玩意儿。”其实你没有晓得，那些书丢了也并不可惜；不过教你怎么晓得，我平常从来没和你谈过这些个！总而言之，你的心是可感谢的。这十二年里你为我吃的苦真不少，可是没有过几天好日子。我们在一起住，算来也还不到五个年头。无论日子怎么坏，无论是离是合，你从来没对我发过脾气，连一句怨言也没有。——别说怨我，就是怨命也没有过。老实说，我的脾气可不大好，迁怒的事儿有的是。那些时候你往往抽噎着流眼泪，从不回嘴，也不号啕。不过我也只信得过你一个人，有些话我只和你一个人说，因为世界上只你一个人真关心我，真同情我。你不但为我吃苦，更为我分苦；我之有我现在的精神，大半是你给我培养着的。这些年来我很少生病。但我最不耐烦生病，生了病就呻吟不绝，闹那伺候病的人。你是领教过一回的，那回只一两点钟，可是也够麻烦了。你常生病，却总不开口，挣扎着起来；一来怕搅我，二来怕没人做你那份儿事。我有一个坏脾气，怕听人生病，也是真的。后来你天天发烧，自己还以为南方带来的疟疾，一直瞒着我。明明躺着，听见我的脚步，一骨碌就坐起来。我渐渐有些奇怪，让大夫一瞧，这可糟了，你的一个肺已烂了一个大窟窿了！大夫劝你到西山去静养，你丢不下孩子，又舍不得钱；劝你在家里躺着，你也丢不下那份儿家务。越看越不行了，这才送你回去。明知凶多吉少，想不到只一个月工夫你就完了！本来盼望还见得着你，这一来可拉倒了。你也何尝想到这个？父亲告诉我，你回家独住着一所小住宅，还嫌没有客厅，怕我回去不便哪。

前年夏天回家，上你坟上去了。你睡在祖父母的下首，想来还不孤单的。只是当年祖父母的坟太小了，你正睡在圹底下。这叫作“抗圹”，在生人看来是不安心的；等着想办法哪。那时圹上圹下密密地长着青草，朝露浸湿了我的布鞋。你刚埋了半年多，只有圹下多出一块土，别的全然看不出新坟的样子。我和隐今夏回去，本想到你的坟上来；因为她病了，没来成。我们想告诉你，五个孩子都好，我们一定尽心教养他们，让他们对得起死了的母亲——你！谦，好好儿放心安睡吧，你。

梅花小鹿——寄晶清

石评梅

我是很欣慰的正在歌舞：无意中找到几枝苍翠的松枝，和红艳如火的玫瑰；我在生命的花篮内，已替他们永久在神前赞祝且祈祷。

当云帷深处，悄悄地推出了皎洁的明月；汩汩的溪水，飘着落花东去的时候：我也很希望遥远的深林中，燃着光明的火把，引导我偷偷踱过了这芜荒枯寂的墓道。虽是很理想的实现，但在个朦胧梦里，我依稀坐着神女的皇辇，斑驳可爱的梅花小鹿驾驰在白云迷漫途中。愿永远做朋友们的疑问。晶清！在你或许不诅咒我的狂妄吧？

绮丽的故事，又由我碎如落花般的心里，默默地浮动着。朋友，假如你能得件宝贵而可以骄傲的礼赠时；或者有兴迫你由陈旧的字笼里，重读这封神秘不惊奇而平淡的信。

我隔绝了那银采的障幕，已经两个月了：我的心火燃成了毒焰的火龙，在夜的舞宴上曾惊死了青春的少女！在浓绿的深林里，曾误伤了 Cupid[①] 的翅膀！当我的心坠在荆棘丛生的山涧下时，我的血染成了极美丽的杜鹃花！但我在银幕的后面，常依稀听到遥远的旅客，由命运的铁链下，发出那惨切恐怖的悲调！虽然这不过仅是海面吹激的浪花，在人间的历程上，轻轻地只拨弹了几丝同情的反应的心弦！谁能想到痛苦的情感所趋，挂在颊上的泪珠，就是这充满了交流的结果呵！确是应该诅咒的，也是应该祝福的，在我将这颗血心掷在山涧下的时候，原未料到她肯揭起了隔幕，伸出她那洁白的玉臂，环抱着我这烦闷的苦痛的身躯，呵！朋友，我太懦弱了！写到这里竟未免落泪……或许这是生命中的创伤？或许这是命运的末日？当这种同情颁赐我的时候，也同是苦恼缠绕的机会吧？

晶清：我很侥幸我能够在悲哀中，得到种比悲哀还要沉痛的安慰，我是欣喜地在漠漠的沙粒中，择出了血斑似的珍珠！这样梦境实现后，宇宙的一切，在我眼底蓦然间缩小，或许我能藏它在我生命的一页上。

生命虽然是倏忽的，但我已得到生命的一瞥灵光；人世纵然是虚幻的，但我已找到永存的不灭之花！

人间的事，每每是起因和结果，适得其反比，唯其我能

① 丘比特，罗马神话中的小爱神。

盛气庄容地误会我的朋友，才可由薄幕下渗透那藏在深处，不易揭示的血心！以后命运决定了：历史上的残痕，和这颗破缺的碎心！

三年前的一个夏天，我和梅影同坐在葡萄架下，望那白云的飘浮，听着溪流的音韵：当时的风景是极令人爱慕的。他提出个问题，让我猜他隐伏在深心内的希望和志愿；我不幸一一都猜中之后，他不禁伏在案上啜泣了！在这样同心感动之下，他曾说过几句耐人思索的话：

> “敬爱的上帝！将神经的两端，一头给我，一头付你：纵然我们是被银幕隔绝了的朋友，永远是保持着这淡似水的友情，但我们在这宇宙中，你是金弦，我是玉琴，心波协和着波动，把人类都沉醉在这凄伤的音韵里。”

是的，我们是解脱了上帝所赐给一般庸众的圈套，我们只弹着这协和的音韵，在云头浮飘！但晶清，除了少数能了解的朋友外，谁能不为了银幕的制度命运而诅咒呢？

朋友：在这样人间，最能安慰人的，只有空泛的幻想，原知道浓雾中看花是极模糊的迹象；但比较连花影都莫有的沙漠，似乎已可少慰远途旅客的孤寂。人类原是占有性最发达的动物，假如把只心燕由温暖的心窠，捉入别个银丝的鸟笼，这也是很难实现的事。晶清！我一生的性情执拗处最多，所以我这志愿恐将笼罩了这遥远的生之途程，或者这是你极怀疑的事？

三点钟快到了，我只好抛弃了这神经的萦想，去那游戏场上，和一般天真可爱的少女，捉那生之谜去。好友！当你香云拖地，睡眼蒙眬的时候，或能用欣喜而抖颤的手，接受这香艳似碧桃一般的心花！

苦笑

梁遇春

你走了，我却没有送你。我那天不是对你说过，我不去送你吗。送你只添了你的伤心，我的伤心，不送许倒可以使你在匆忙之中暂时遗忘了你所永不能遗忘的我，也可以使我存了一点儿濒于绝望的希望，那时你也许还没有离开这古城。我现在一走出家门，就尽我的眼力望着来往街上远远近近的女子，看一看里面有没有你。在我的眼里天下女子可分两大类，一是“你”，一是“非你”，一切的女子，不管村俏老少，对于我都失掉了意义，她们唯一的特征就在于“不是你”这一点，此外我看不出她们有什么分别。在 Fichte[①] 的哲学里世界是分作 ego[②] 和 non-ego[③] 两部分，在我的宇宙里，只有 you[④] 和 non-you[⑤] 两部分。我憎恶一切人，我憎恶自己，

① 即约翰·戈特利布·费希特（1762—1814），德国哲学家，古典主义哲学家的代表。

② 自我。

③ 非自我。

④ 你。

⑤ 非你。

因为这一切都不是你，都是我所不愿意碰到的，所以我虽然睁着眼睛，我却是个盲人，我什么也不能看见，因为凡是“不是你”的东西都是我所不肯瞧的。

我现在极喜欢在街上流荡，因为心里老想着也许会遇到你的影子，我现在觉得再有一瞥，我就可以在回忆里度过一生了。在我最后见到你以前，我已经觉得一瞥就可以做成我的永生了，但是见了你之后，我仍然觉得还差了一瞥，仍然深信再一瞥就够了。你总是这么可爱，这么像孙悟空用绳子拿着银角大王的心肝一样，抓着我的心儿，我对于你只有无穷的刻刻的愿望，我早已失掉我的理性了。

你走之后，我变得和气得多了，我对于生人老是这么嘻嘻哈哈敷衍着，对于知己的朋友老是这么露骨地乱谈着，我的心已经随着你的衣缘飘到南方去了，剩下来的空壳怎么会不空心地笑着呢？然而，狂笑乱谈后心灵的沉寂，随和凑趣后的凄凉，这只有你知道呀！我深信你是饱尝过人世间苦辛的人，你已具有看透人生的眼力了。所以你对于人生取这么通俗的态度，这么用客套来敷衍我。你是深于忧患的，你知道客套是一切灵魂相接触的缓冲地，所以你拿这许多客套来应酬我，希冀我能够因此忘记我的悲哀，和我们以前的种种。你的装作无情正是你的多情，你的冷酷正是你的仁爱，你真是客套得使我太感到你的热情了。

今晚我醉了，醉得几乎不知道我自己的姓名。但是一杯一杯的酒使我从不大和我相干的事情里逃出，使我认识了有许多东西实在不是属于我的。比如我的衣服，那是如是容易破烂的，比如我的脸孔，那是如是容易变得更清瘦，换一个样子，但是在每杯斟到杯缘的酒杯底我一再见到你的笑容，你的苦笑，那好像一个人站在悬岩边际，将跳下前一刹那的微笑。一杯一杯干下去，你的苦笑一下一下沉到我心里。我也现出苦笑的脸孔了，也参到你的人生妙诀了。做人就是这样子苦笑地站着，随着地球向太空无目的地狂奔，此外并无别的意义。你从生活里得到这么一个教训，你还它以暗淡的冷笑，我现在也是这样了。

你的心死了，死得跟通常所谓成功的人的心一样地麻木，我的心死了，死得恍惚世界已返于原始的黑暗了。两个死的心再连在一起有什么意义呢？苦痛使我们灰心，把我们的心化作再燃不着的灰烬，这真是“哀莫大于心死”。所以我们是已经失掉了生的意志和爱的能力了，“希望”早葬在坟墓之中了，就说将来会实现也不过是僵尸而已矣。

年纪总算轻轻，就这么万劫不复地结束，彼此也难免觉得惆怅吧！这么神不知鬼不觉地从生命的行列退出，当个若有若无的人，脸上还涌着红潮的你怎能甘心呢？因此你有时还发出挣扎的呻吟，那是已堕陷阱的走兽最后的呼声。我却只有望着烟斗的烟雾凝想，想到以前可能，此刻绝难办到的事情。

今晚有一只虫，惭愧得很我不知道它叫作什么，在我耳边细吟，也许你也听到这类虫的声音吧！此刻我们居在地上听着，几百年后我们在地下听着，那有什么碍事呢，虫声总是这么可喜的。也许你此时还听不到虫声，却望着白浪滔天的大海微叹。你看见海上的波涛没有？来时多么雄壮，一会儿却消失得无影无踪，你我的事情也不过大海里的微波吧，也许上帝正凭阑远眺水平线上的苍茫山色，没有注意到我们的一起一伏，那时我们又何必如此夜郎自大，狂诉自个的悲哀呢？

她走了

梁遇春

她走了，走出这古城，也许就这样永远走出我的生命了。她本是我生命源泉的中心里的一朵小花，她的根总是种在我生命的深处，然而此后我也许再也见不到那隐有说不出的哀怨的脸容了。这也可说我的生命的大部分已经从我生命里消逝了。

两年前我的懦怯使我将这朵花从心上轻轻摘下（世上一切残酷大胆的事情总是懦怯弄出来的，许多自杀的弱者，都是因为起先太顾惜生命了，生命果然是安稳地保存着，但是自己又不得不把它扔掉。弱者只怕失败，终免不了一个失败，天天兜着这个圈子，兜的回数愈多，也愈离不开这圈子了！）——两年前我的懦怯使我将这朵小花从心上摘下，花叶上沾着几滴我的心血，它的根当还在我心里，我的血就天天从这折断处涌出，化成脓了。所以这两年来我的心里的贫血症是一年深一年了。今天这朵小花，上面还濡染着我的血，却要随着江水——清流乎？浊流乎？天知道！——流去，我就这么无能为力地站在岸上，这么心里狂涌出鲜红的血。

“谁道人生无再少，门前流水尚能西。”但是我凄惨地相信西来的弱水绝不是东去的逝波。否则，我愿意立刻化作牛矢满面的石板在溪旁等候那万万年后的某一天。

她走之前，我向她扯了多少瞒天的大谎呀！但是我的鲜血都把它们染成为真实了。还没有涌上心头时是个谎话，一经心血的洗礼，却变作真实的真实了。我现在认为这是我心血唯一的用处。若使她知道个个谎都是从我心房里榨出，不像那信口开河的真话，她一定不让我这样不断地扯谎着。我将我生命的精华搜集在一起，全放在这些谎话里面，掷在她的脚旁，于是乎我现在剩下来的只是这堆渣滓，这个永远是渣滓的自己。我好比一根火柴，跟着她已经擦出一朵神奇的火花了，此后的岁月只消磨于躺在地板上做根腐朽的木屑罢了！人们践踏又何妨呢？“推枰犹恋全输局”，我已经把我的一生推在一旁了，而且丝毫也不留恋着。

她劝我此后还是少抽烟，少喝酒，早些睡觉，我听着我心里欢喜得正如破晓的枝头弄舌的黄雀，我不是高兴她这么挂念着我，那是用不着证明的，也是言语所不能证明的，我狂欢的理由是我看出她以为我生命还未全行枯萎，尚有留恋自己生命的可能，所以她进言的时期还没有完全过去；否则，她还用得着说这些话吗？我捧着这血迹模糊的心求上帝，希望她永久保留有这个幻觉。我此后不敢不多喝酒，多抽烟，迟些睡觉，表示我的生命力尚未全尽，还有心情来扮个颓丧者，因此使她的幻觉不全是个幻觉。虽然我也许不能再见她的倩影了，但是我却有些迷信，只怕她靠着直觉能够看到数千里外的我的生活情形。

她走之前，她老是默默地听我的忏情的话，她怎能说什么呢？我怎能不说呢？但是她的含意难伸的形容向我诉出这十几年来她辛酸的经验，悲哀已爬到她的眉梢同她的眼睛里去了，她还用得着言语吗？她那轻脆的笑声是她沉痛的心弦上弹出的绝调，她那欲泪的神情传尽人世间的苦痛，她使我凛然起敬，我觉得无限的惭愧，只好滤些清净的心血，凝成几句的谎言。天使般的你呀！我深深地明白你会原宥，我从你的原宥我得到我这个人唯一的价值。你对我说，“女子多半都是心地极偏狭的，顶不会容人的，我却是心地最宽大的”。你这句自白做了我黑暗的心灵的闪光。

我真认识得你吗？真走到你心窝的隐处吗？我绝不这样自问着，我知道在我不敢讲的那个字的立场里，那个字就是唯一的认识。心心相契的人们哪里用得着知道彼此的姓名和家世。

你走了，我生命的弦戛然一声全断了，你听见了没有？

写这篇东西时，开头是用“她”字，但是有几次总误写作“你”字，后来就任情地写“你”字了。仿佛这些话迟早免不了被你瞧见，命运的手支配着我的手来写这篇文字，我又有什么办法哩！

人生寓言

周国平

告别遗体的队伍

那支一眼望不到头的队伍缓慢地、肃穆地朝前移动着。我站在队伍里，胸前别着一朵小白花，小白花正中嵌着我的照片。别人和我一样，也都佩戴着嵌有自己的照片的小白花。

钟表奏着单调的哀乐。

这是永恒的仪式，我们排着队走向自己的遗体，同它作最后的告别。

我听见有人哭泣着祈祷："慢些，再慢些。"

可等待的滋味是最难受，哪怕是等待死亡，连最怕死的人也失去耐心了。女人们开始织毛衣，拉家常。男人们互相递烟，吹牛，评论队伍里的漂亮女人。那个小伙子伸手触了一下排在他前面的姑娘的肩膀，姑娘回头露齿一笑。一位画家打开了画夹。一位音乐家架起了提琴。现在这支队伍沉浸在一片生气勃勃的喧闹声里了。

可怜的人呵，你们在走向死亡！

我笑笑：我没有忘记。这又怎么样呢？生命害怕单调甚于害怕死亡，仅此就足以保证它不可战胜了。它为了逃避单调必须丰富自己，不在乎结局是否徒劳。

哲学家和他的妻子

哲学家爱流浪，他的妻子爱定居。不过，她更爱丈夫，所以毫无怨言地跟随哲学家浪迹天涯。每到一个地方，找到了临时住所，她就立刻精心布置，仿佛这是一个永久的家。

“住这里是暂时的，凑合过吧！”哲学家不以为然地说。

她朝丈夫笑笑，并不停下手中的活。不多会儿，哲学家已经舒坦地把身子埋进妻子安放停当的沙发里，吸着烟，沉思严肃的人生问题了。

我忍不住打断哲学家的沉思，说道：“尊敬的先生，别想了，凑合过吧，因为你在这世界上的居住也是暂时的。”

可是，哲学家的妻子此刻正幸福地望着丈夫，心里想：“他多么伟大呵……”

从一而终的女子

我听见许多人埋怨自己的人生，那口气就像埋怨死不肯离婚的结发妻子。他们埋怨命运的捉弄，错误的结合，失败的努力。如果可以，他们宁肯和别人交换人生。在他们眼里，人生如同老婆，也是别人的好。

我想起巴尔扎克笔下的一个女演员的话："人生是件衣裳，脏了就洗洗，破了就补补，你好歹得穿上它！"

我说得稍微文雅些：人生是个对我们从一而终的女子，我们不妨尽自己的力量打扮她，塑造她，但是，不管她终于成个什么样子，我们好歹得爱她！

幸福的西绪弗斯[①]

西绪弗斯被罚推巨石上山，每次快到山顶，巨石就滚回山脚，他不得不重新开始这徒劳的苦役。听说他悲观沮丧到了极点。

可是，有一天，我遇见正在下山的西绪弗斯，却发现他

① 西绪弗斯：又译为西西弗斯、西绪福斯。希腊神话人物。因得罪众神，被罚把巨石推到山顶，因巨石太重，未至山顶便会滚落，于是西绪弗斯必须永无止境地重复此事。

吹着口哨，迈着轻盈的步伐，一脸无忧无虑的神情。我生平最怕见到大不幸的人，譬如说，身患绝症的人，或刚死了亲人的人，因为对他们的不幸，我既不能有所表示，怕犯忌，又不能无所表示，怕显得我没心没肺。所以，看见西绪弗斯迎面走来，尽管不是传说的那副凄苦模样，深知他的不幸身世的我仍感到局促不安。没想到西绪弗斯先开口了，他举起手，对我喊道：

“喂，你瞧，我逮了一只多漂亮的蝴蝶！”

我望着他渐渐远逝的背影，不禁思忖：总有些事情是宙斯的神威鞭长莫及的，那是一些太细小的事情，在那里便有了西绪弗斯（和我们整个人类）的幸福。

结论

我告诉你们：意义在于过程，幸福在于细节。那些撇开过程而只在结局中寻找意义的人找到的只是虚无。那些撇开细节而只在总体中寻找幸福的人，找到的只是荒谬。

现代人已经没有耐心流连过程，没有能力品味细节。他们活得匆忙而粗糙。他们活得既无意义，也不幸福。

应该说，爱过程的人是智慧的，爱细节的人是幸福的。

友情：温情永在

中年人的寂寞

夏丏尊

我已是一个中年的人。一到中年，就有许多不愉快的现象，眼睛昏花了，记忆力减退了，头发开始秃脱而且变白了，意兴、体力什么都不如年轻的时候，常不禁会感觉到难以名言的寂寞的情味。尤其觉得难堪的是知友的逐渐减少和疏远，缺乏交际上的温暖的慰藉。

不消说，相识的人数是随了年龄增加的，一个人年龄越大，走过的地方当过的职务越多，相识的人理该越增加了。可是相识的人并不就是朋友，我们和许多人相识，或是因了事务关系，或是因了偶然的机缘——如在别人请客的时候同席吃过饭之类。见面时点头或握手，有事时走访或通信，口头上彼此也称“朋友”，笔头上有时或称“仁兄”，诸如此类，其实只是一种社交上的客套，和“顿首”“百拜”同是仪式的虚伪。这种交际可以说是社交，和真正的友谊相差似乎很远。

真正的朋友，恐怕要算“总角之交”或“竹马之交”了。

在小学和中学的时代容易结成真实的友谊，那时彼此尚不感到生活的压迫，入世未深，打算计较的念头也少，朋友的结成全由于志趣相近或性情适合，差不多可以说是“无所为”的，性质比较的纯粹。二十岁以后结成的友谊，大概已不免掺有各种各样的颜色分子在内，至于三十岁四十岁以后的朋友中间，颜色分子愈多，友谊的真实成分也就不免因而愈少了，这并不一定是“人心不古”，实可以说是人生的悲剧。人到了成年以后，彼此都有生活的重担须负，入世既深，顾忌的方面也自然加多起来，在交际上不许你不计较，不许你不打算，结果彼此都“钩心斗角”，像七巧板似的只选定了某一方面和对方去接合，这样的接合当然是很不坚固的，尤其是现代这样什么都到了尖锐化的时代。

在我自己的交游中，最值得系念的老是一些少年时代以来的朋友。这些朋友本来数目就不多，有些住在远地，连相会的机会也不可多得，他们有的年龄大过了我，有的小我几岁，都是中年以上的人了，平日各人所走的方向不同，思想趣味境遇也都不免互异，大家晤谈起来，也常会遇到说不出的隔膜的情形。如大家话旧，旧事是彼此共喻的，而且大半都是少年时代的事，“旧游如梦”，把梦也似的过去的少年时代重提，因了谈话的进行，同时就会关联了想起许多当时的事情，许多当时的人的面影，这时好像自己仍回归少年时代去了。我常在这种时候感到一种快乐，同时也感到一种伤感，那情形好比老妇人突然在抽屉里或箱子里发现了她盛年时的影片。

逢到和旧友谈话，就不知不觉地把话题转到旧事上去，这是我的习惯，我在这上面无意识地会感到一种温暖的慰藉。可是这些旧友，一年比一年减少了，本来只是屈指可数的几个，少去一个，是无法弥补的，我每当听到一个旧友死去的消息时候，总要惆怅多时。

学校教育给我们的好处不但只是灌输知识，最大的好处，恐怕还在给与我们求友的机会一点上。这好处我到了离学校以后才知道，这几年来更确切地体会到，深悔当时毫不自觉，马马虎虎地过去了。近来每日早晚在路上见到两两三三的携着书包、携了手或挽了肩膀走着的青年学生们，我总艳羡他们有朋友之乐，暗暗地要在心中替他们祝福。

永在的温情——纪念鲁迅先生

郑振铎

十月十九日下午五点钟，我在一家编译所一位朋友的桌上，偶然拿起了一份刚送来的 Evening Post[①]，被这样的一个标题“中国的高尔基今晨五时去世”，惊骇得一跳。连忙读了下来，这惊骇变成了事实：果然是鲁迅先生去世了！

这消息像闪雷似的，当头打了下来，呆坐在那里不言不动。

谁想得到这可怕的噩耗竟这样的突然的来呢？

鲁迅先生病得很久了，间歇地发着热，但热度并不甚高。一年以来，始终不曾好好地恢复过，但也从不曾好好地休息过。半年以来，情形尤显得不好。缠绵在病榻上者总有三四个月，朋友们都劝他转地疗养，他自己也有此意。前一个月，听说他要到日本去。但茅盾告诉我，“双十节”那一天还遇见他在 Isis[②] 看 *Dobrovsky*[③]；中国木刻画展览会，他也曾去

① 晚报。

② 上海大戏院。

③ 1936 年苏联拍摄的电影《杜布罗夫斯基》，时称《复仇艳遇》。

参观。总以为他是渐渐地复原了，能够出来走走了。谁又想得到这可怕的噩耗竟这样突然的来呢？

刚在前几天，他还有信给我，说起一部书出版的事；还附带地说，想早日看见《十竹斋笺谱》的刻成。我还没有来得及写回信。谁想得到这可怕的噩耗竟这样的突然的来呢？

我一夜不曾好好地安心地睡。

第二天赶到万国殡仪馆，站在他遗像的面前，久久地走不开。再一看，他的遗体正在像下，在鲜花的包围里，面貌还是那么清癯而带些严肃，但双眼却永远地闭上了！

我要哭出来，大声地哭，但我那时竟流不出眼泪，泪水为悲戚所灼干了。我站在那里，久久走不开。我竟不相信，他竟是那样突然地便离我们而远远地向不可知的所在而去了。

但他的友谊的温情却是永在的，永在我的心上——也永在他的一切友人的心上，我相信。

初和他见面时，总以为他是严肃的冷酷的。他的瘦削的脸上，轻易不见笑容。他的谈吐迟缓而有力，渐渐地谈下去，在那里面，你便可以发现其可爱的真挚、热情的鼓励与亲切的友谊。他虽不笑，他的话却能引你笑。和他的兄弟启明先生一样，他是最可谈、最能谈的朋友，你可以坐在他客厅里，他那间书室兼卧室里，坐上半天，不觉得一点拘束、一点不舒服。什么话都谈，但他的话头却总是那么有力。他的见解往往总是那么正确。你有什么怀疑、不安，出于他的几句话也许便可以解决你的问题，鼓起你的勇气。

失去了这样的一位温情的朋友，就个人讲，将是怎样的一个损失呢？

他最勤于写作，也最鼓励人写作。他会不惮烦地几天几夜地在替一位不认识的青年，或一位不深交的朋友，改削创作，校正译稿，其仔细和小心远过于一位私塾的教师。

他曾和我谈起一件事：有一位不相识的青年寄一篇稿子来请求他改，他仔仔细细地改了寄回去。那青年却写信来骂他一顿，说被改涂得太多了。第二次又寄一篇稿子来，他又替他改了寄回去，这一次的回信，却责备他改得太少。

“现在做事真难极了！”他慨叹地说道。对于人的不易对付和做事之难，他这几年来时时地深切地感到。

但他并不灰心。仍然地在做着吃力不讨好的改削创作、校正译稿的事，挣扎着病躯，深夜里，仔仔细细地为不相识的青年或不深交的朋友在工作。

这样的温情的指导者和朋友，一旦失去了，将怎样地令人感到不可补赎之痛呢？

他所最恨的是那些专说风凉话而不肯切实地做事的人。会批评，但不工作；会讥嘲，但不动手；会傲慢自夸，但永远拿不出东西来，像那样的人物，他是不客气地要摈之门外，永不相往来的。所谓无诗的诗人，不写文章的文人，他都深诛痛恶地在责骂。

他常感到“工作”的来不及做，特别是在最近一二年，凡做一件事，都总要快快地做。

“迟了恐怕要来不及了。”这句话他常在说。

那样的清楚的心境，我们都是同样深切感到的。想不到他自己真的便是那么快地便逝去，还留下要做的许多事没有来得及做——但，后死者却要继续他的事业下去的！

我和他第一次的相见是在同爱罗先珂到北平去的时候。

他着了一件黑色的夹外套，戴着黑色呢帽，陪着爱罗先珂到女师大的大礼堂里去。我们匆匆地谈了几句话。因为自己不久便回到南边来，在北平竟不曾再见一次面。

后来，他自己说，他那件黑色的夹外套，到如今还有时着在身上。

我编《小说月报》的时候，曾不时地通信向他要些稿子。除了说起稿子的事，别的话也没有什么。

最早使我笼罩在他温热的友情之下的，是一次讨论到“三言”问题的信。

我在上海研究中国小说，完全像盲人骑瞎马，乱问乱摸，一点凭借都没有，只是节省着日用，以浅浅的薪水购书，而即以所购入之零零落落的破书，作为研究的资源。那时候实在贫乏得、肤浅得可笑，偶尔得到一部原版的《隋唐演义》却以为是了不得的奇遇，至于“三言”之类的书，却是连梦魂里也不曾读到。

他的《中国小说史略》的出版，减少了许多我在暗中摸索之苦。我有一次写信问他《醒世恒言》《警世通言》及《喻世明言》的事，他的回信很快地便来了，附来的是他抄录的一张《醒世恒言》的全目。——这张目录我至今还保全在我的一部《中国小说史略》里。他说，《喻世》《警世》，他也没有见到，《醒世恒言》他只有半部，但有一位朋友那里藏有全书，所以他便借了来，抄下目录寄给我。

当时，我对于这个有力的帮助，说不出应该怎样的感激才好。这目录供给了我好几次的应用。

后来，我很想看看《西湖二集》（那部书在上海是永远不会见到的），又写信问他有没有此书。不料随了回信同时递到的却是一包厚厚的包裹。打开了看时，却是半部明末版的《西湖二集》，附有全图。我那时实在眼光小得可怜，几曾见过几部明版附插图的平话集？见了这《西湖二集》为之狂喜！而他的信道，他现在不弄中国小说，这书留在手边无用，送了给我吧。这贵重的礼物，从一个只见一面的不深交的朋友那里来，这感动是至今跃跃在心头的。

我生平从没有意外的获得。我的所藏的书，一部部都是很辛苦地设法购得的；购书的钱，都是黑夜灯下疾书的所得或减衣缩食的所余。一部部书都可看出我自己的夏日的汗，冬夜的凄栗，有红丝的睡眼，右手执笔处的指端的硬茧和酸痛的右臂。但只有这一集可宝贵的书，乃是我书库里唯一的友情的赠予——只有这一部书！

现在这部《西湖二集》也还堆在我最宝爱的几十部明版书的中间，看了它便要泫然泪下。这可爱的直率的真挚的友情，这不意中的难得的帮助，如今是不能再有了！

但我心头的温情是永在的！——这温情也永在他的一切友人的心上，我相信！

“九一八”以后，他到过北平一趟，得到青年人最大的热烈的欢迎。但过了几天，便悄悄地走了。他原是去探望他母亲的病去的，我竟来不及去看他。

但那一年寒假的时候，我回到上海，到他寓所时，他便和我谈起在北平的所获。

“木刻画如今是末路了，但还保存在笺纸上。不过，也难说保全得不会久。”他深思地说道。

他搬出不少的彩色笺纸，来给我看，都是在北平时所购得的。

“要有人把一家家南纸店所出的笺纸，搜罗了一下，用好纸刷印个几十部，作为笺谱，倒是一件好事。”他说道。

过了一会儿，他又道：“这要住在北平的人方能做事。我在这里不能做这事。”

我心里很跃动，正想说“那么，我来做吧”。而他慢吞吞地续说道：“你倒可以做，要是费些工作，倒可以做。”

我立刻便将这责任担负了下来，但说明搜集而得的笺纸，由他负选择之责。我相信他的选择要比我高明得多。

以后，我一包一包地将购得的笺样送到上海，经他选择后，再一包一包地寄回。

中间，我曾因事把这工作停顿了二三个月。他来信说：“这事我们得赶快做，否则，要来不及做，或轮不到我们做。”

在他的督促和鼓励之下，那六巨册的美丽的《北平笺谱》方才得以告成。

有一次，我到上海来，带回了亡友王孝慈先生所藏的《十竹斋笺谱》四册，顺便地送到他家里给他看。

这部谱，刻得极精致，是明末版画里最高的收获，但刻成的年月是崇祯十六年的夏天，所以流传得极少。

“这部书似也不妨翻刻一下。”我提议道。那时，我为《北平笺谱》的成功所鼓励，勇气有余。

“好的，好的，不过要赶快做！”他道。

想不到全部要翻刻，工程浩大无比，所耗也不赀，几乎不是我们的力量所及。第一册已出版了，第二册也刻好待印；而鲁迅先生却等不及见到第三册以下的刻成了！

对于美好的东西，似乎他都喜爱。我曾经有过一个意思，要集合六朝造像及墓志的花纹刻为一书，但他早已注意及此了。他告诉我说，他所藏的六朝造像的拓本也不少，如今还在陆续地买。

他是最能分别得出美与丑，永远的不朽与急就的草率的。

除了以朽腐为神奇，而沾沾自喜，向青年们施以毒害的宣传之外，他对于古代的遗产，决不歧视，反而抱着过分的喜爱。

他曾经告诉过我，他并不反对袁中郎；中郎是十分方巾气的，这在他文集里便可见。他所厌弃、所斥责的乃是只见中郎的一面，而恣意鼓吹着的人物。

京平刚从鲁迅先生那里得到最大的鼓励。他感激得几乎哭出来，但想不到鲁迅竟这样的突然的过去了！

第三天，我在万国殡仪馆门口遇见他；他的嘴唇在颤动，眼圈在红。

从万国公墓归来后，他给我一封信道："我心已经分裂。我从到达公墓时，就失去了约束自己的力量。一直到墓石封合了，我竟痛哭失声。先生，这是我平生第一痛苦的事了，他匆匆地瞥了我一眼，就去了……"

但他并没有去。他的温情永在我的心头——也永在他的一切友人的心上，我相信！

敬悼许地山先生

老舍

地山是我的最好的朋友。以他的对种种学问好知喜问的态度，以他的对生活各方面感到的趣味，以他的对朋友的提携辅导的热诚，以他的对金钱利益的淡薄，他绝不像个短寿的人。每逢当我看见他的笑脸，握住他的柔软而戴着一个翡翠戒指的手，或听到他滔滔不断地讲说学问或故事的时候，我总会感到他必能活到八九十岁，而且相信若活到八九十岁，他必定还能像年轻的时候那样有说有笑，还能那样说干什么就干什么，永不驳回朋友的要求，或给朋友一点难堪。

地山竟自会死了——才将快到五十的边儿上吧。

他是我的好友。可是，我对于他的身世知道得并不十分详细。不错，他确是告诉过我许多关于他自己的事情；可是，大部分都被我忘掉了。一来是我的记性不好；二来是当我初次看见他的时候，我就觉得"这是个朋友"，不必细问他什么；即使他原来是个强盗，我也只看他可爱；我只知道面前是个可爱的人，就是一点也不晓得他的历史，也没有任何关系！

况且，我还深信他会活到八九十岁呢。让他讲那些有趣的故事吧，让他说些对种种学术的心得与研究方法吧；至于他自己的历史，忙什么呢？等他老年的时候再说给我听，也还不迟啊！

可是，他已经死了！

我知道他是福建人。他的父亲做过台湾的知府——说不定他就生在台湾。他有一位舅父，是个很有才而后来做了不十分规矩的和尚的。由这位舅父，他大概自幼就接近了佛说，读过不少的佛经。还许因为这位舅父的关系，他曾在仰光一带住过，给了他不少后来写小说的资料。他的妻早已死去，留下一个小女孩。他手上的翠戒指就是为纪念他的亡妻的。从英国回到北平，他续了弦。这位太太姓周，我曾在北平和青岛见到过。

以上这一点：事实恐怕还有说得不十分正确的地方，我的记性实在太坏了！记得我到牛津去访他的时候，他告诉了我为什么老戴着那个翠戒指；同时，他说了许许多多关于他的舅父的事。是的，清清楚楚地我记得他由述说这位舅父而谈到禅宗的长短，因为他老人家便是禅宗的和尚。可是，除了这一点，我把好些极有趣的事全忘得一干二净；后悔没把它们都笔记下来！

我认识地山，是在二十年前了。那时候，我的工作不多，所以常到一个教会去帮忙，做些“社会服务”的事情。地山不但常到那里去，而且有时候住在那里，因此我认识了他。我呢，只是个中学毕业生，什么学识也没有。可是地山在那时候已经在燕大毕业而留校教书，大家都说他是个很有学问的青年。初一认识他，我几乎不敢希望能与他为友，他是有学问的人哪！可是，他有学问而没有架子，他爱说笑话，村的雅的都有；他同我去吃八个铜板十只的水饺，一边吃一边说，不一定说什么，但总说得有趣。我不再怕他了。虽然不晓得他有多大的学问，可是的确知道他是个极天真可爱的人了。一来二去，我试着步去问他一些书本上的事；我生怕他不肯告诉我，因为我知道有些学者是有这样脾气的：他可以和你交往，不管你是怎样的人；但是一提到学问，他就不肯开口了；不是他不肯把学问白白送给人，便是不屑于与一个没学问的人谈学问——他的神色表示出来，跟你来往已是降格相从，至于学问之事，哈哈……但是，地山绝对不是这样的人。他愿意把他所知道的告诉人，正如同他愿给人讲故事。他不因为我向他请教而轻视我，而且也并不板起面孔表示他有学问。和谈笑话似的，他知道什么便告诉我什么，没有矜持，没有厌倦，教我佩服他的学识，而仍认他为好友。学问并没有毁坏了他的为人，像那些气焰千丈的“学者”那样，他对我如此，对别人也如此；在认识他的人中，我没有听到过背地里指摘他，说他不够个朋友的。

不错，朋友们也有时候背地里讲究他；谁能没有些毛病呢。可是，地山的毛病只使朋友们又气又笑的那一种，绝无损于他的人格。他不爱写信。你给他十封信，他也未见得答复一次；偶尔回答你一封，也只是几个奇形怪状的字，写在一张随手拾来的破纸上。我管他的字叫作鸡爪体，真是难看。这也许是他不愿写信的原因之一吧？另一毛病是不守时刻。口头的或书面的通知，何时开会或何时集齐，对他绝不发生作用。只要他在图书馆中坐下，或和友人谈起来，就不用再希望他还能看看钟表。所以，你设若不亲自拉他去赴会就约，那就是你的过错；他是永远不记着时刻的。

一九二四年初秋，我到了伦敦，地山已先我数日来到。他是在美国得了硕士学位，再到牛津继续研究他的比较宗教学的；还未开学，所以先在伦敦住几天，我和他住在了一处。他正用一本中国小商店里用的粗纸账本写小说，那时节，我对文艺还没有发生什么兴趣，所以就没大注意他写的是哪一篇。几天的工夫，他带着我到城里城外玩耍，把伦敦看了一个大概。地山喜欢历史，对宗教有多年的研究，对古生物学有浓厚的兴趣。由他领着逛伦敦，是多么有趣，有益的事呢！同时，他绝对不是“月亮也是外国的好”的那种留学生。说真的，他有时候过火地厌恶外国人。因为要批判英国人，他甚至于连英国人有礼貌，守秩序，和什么喝汤不准出响声，都看成愚蠢可笑的事。因此，我一到伦敦，就借着他的眼睛看到那古城的许多宝物，也看到它那阴暗的一方面，而不至糊糊涂涂地断定伦敦的月亮比北平的好了。

不久，他到牛津去入学。暑假寒假中，他必到伦敦来玩几天。“玩”这个字，在这里，用得很妥当，又不很妥当。当他遇到朋友的时候，他就忘了自己：朋友们说怎样，他总不驳回。去到东伦敦买黄花木耳，大家做些中国饭吃？好！去逛动物园？好！玩扑克牌？好！他似乎永远没有忧郁，永远不会说“不”。不过，最好还是请他闲扯。据我所知道的，除各种宗教的研究而外，他还研究人学，民俗学，文学，考古学；他认识古代钱币，能鉴别古画，学过梵文与巴利文。请他闲扯，他就能——举个例说——由男女恋爱扯到中古的禁欲主义，再扯到原始时代的男女关系。他的故事多，书本上的佐证也丰富。他的话一会儿低降到贩夫走卒的俗野，一会儿高飞到学者的深刻高明。他谈一整天并无倦容，大家听一天也不感疲倦。

不过，你不要让他独自溜出去。他独自出去，不是到博物院，必是入图书馆。一进去，他就忘了出来。有一次，在上午八九点钟，我在东方学院的图书馆楼上发现了他。到吃午饭的时候，我去唤他，他不动。一直到下午五点，他才出来，还是因为图书馆已到关门的时间的缘故。找到了我，他不住地喊“饿”；是啊，他已饿了十点钟。在这种时节，“玩”字是用不得的。

牛津不承认他的美国的硕士学位，所以他须花二年的时光再考硕士。他的论文是《法华经》的介绍，在预备这本论文的时候，他还写了一篇相当长的文章，在世界基督教大会（？）上去宣读。这篇文章的内容是介绍道教。在一般的浮浅传教师心里，中国的佛教与道教不过是与非洲黑人或美洲红人所信的原始宗教差不多。地山这篇文章使他们闻所未闻，而且得到不少宗教学学者的称赞。

他得到牛津的硕士。假若他能继续住二年，他必能得到文学博士——最荣誉的学位。论文是不成问题的，他能于很短的期间预备好。但是，他必须再住二年；校规如此，不能变更。他没有住下去的钱，朋友们也不能帮助他。他只好以硕士为满意，而离开英国。

在他离英以前，我已试写小说。我没有一点自信心，而他又没工夫替我看看。我只能抓着机会给他朗读一两段。听过了几段，他说：“可以，往下写吧！”这，增多了我的勇气。他的文艺意见，在那时候，仿佛是偏重于风格与情调；他自己的作品都多少有些传奇的气息，他所喜爱的作品也差不多都是浪漫派的。他的家世，他的在南洋的经验，他的旧文学的修养，他的喜研究学问而又不忍放弃文艺的态度，和他自己的生活方式，我想，大概都使他倾向着浪漫主义。

单说他的生活方式吧。我不相信他有什么宗教的信仰，虽然他对宗教有深刻的研究，可是，我也不敢说宗教对他完全没有影响。他的言谈举止都像个诗人。假若把“诗人”按照世俗的解释从他的生活中扩展起来，他就应当有很古怪奇特的行动与行为。但是，他并没做过什么怪事。他明明知道某某人对他不起，或是知道某某人的毛病，他仍然是一团和气，以朋友相待。他不会发脾气。在他的嘴里，有时候是乱扯一阵，可是他的私生活是很严肃的，他既是诗人，又是“俗”人。为了读书，他可以忘了吃饭。但一讲到吃饭，他却又不惜花钱。他并不孤高自赏。对于衣食住行他都有自己的主张，可是假若别人喜欢，他也不便固执己见。他能过很苦的日子。在我初认识他的几年中，他的饭食与衣服都是极简单俭朴。他结婚后，我到北平去看他，他的房屋衣服都相当讲究了。也许是为了家庭间的和美，他不便于坚持己见吧。虽然由破夏布褂子换为整齐的绫罗大衫，他的脱口而出的笑话与戏谑还完全是他，一点儿也没改。穿什么，吃什么，他仿佛都能随遇而安，无所不可。在这里和在其他的好多地方，他似乎受佛教的影响较基督教的为多，虽然他是在神学系毕业，而且也常去做礼拜。他像个禅宗的居士，而绝不能成为一个清教徒。

不但亲戚朋友能影响他，就是不相识而偶然接触的人也能临时地左右他。有一次，我在“家”里，他到伦敦城里去干些什么。日落时，他回来了，进门便笑，而且不住地摸他的刚刚刮过的脸。我莫名其妙。他又笑了一阵。“教理发匠挣去两镑多！”我吃了一惊。那时候，在伦敦理发普通是八个便士，理发带刮脸也不过是一个先令，“怎能花两镑多呢？”原来是理发匠问他什么，他便答应什么，于是用香油香水洗了头，电气刮了脸，还不得用两镑多么？他绝想不起那样打扮自己，但是理发匠的建议是不能驳回的！

自从他到香港大学任事，我们没有会过面，也没有通过信；我知道他不喜欢写信，所以也就不写给他。抗战后，为了香港“文协”分会的事，我不能不写信给他了，仍然没有回信。可是，我准知道，信虽没有，事情可是必定办了。

果然，从分会的报告和友人的函件中，我晓得了他是极热心会务的一员。我不能希望他按时回答我的信，可是我深信他必对分会卖力气，他是个极随便而又极不随便的人，我知道。

我自己没有学问，不能妥切地道出地山在学术上的成就何如。我只知道，他极用功，读书很多，这就值得钦佩，值得效法。对文艺，我没有什么高明的见解，所以不敢批评地山的作品。但是我晓得，他向来没有争过稿费，或恶意地批评过谁。这一点，不但使他能在香港“文协”分会以老大哥的身份德望去推动会务，而且在全国文艺界的团结上也有重大的作用。

是的，地山的死是学术界文艺界的极重大的损失！至于谈到他与我私人的关系，我只有落泪了；他既是我的“师”，又是我的好友！

啊，地山！你记得给我开的那张“佛学入门必读书”的单子吗？你用功，也希望我用功；可是那张单子上的六十几部书，到如今我一部也没有读啊！

你记得给我打电报，叫我到济南车站去接周校长吗？多么有趣的电报啊！知道我不认识她，所以你教她穿了黑色旗袍，而电文是：“×日×时到站接黑衫女”！当我和妻接到黑衫女的时候，我们都笑得闭不上口啊。朋友，你托友好做一件事，都是那样有风趣啊！啊，昔日的趣事都变成今日的泪源。你怎可以死呢！

不能再往下写了……

他们尽是可爱的

章衣萍

我总觉得，我所住的羊市大街，的确污秽而且太寂寞了。我有时到街上闲步，只看见污秽的小孩，牵着几只呆笨的骆驼，在那灰尘满目的街上徐步。来往的车马是零落极了。有时也有几辆陈旧的洋车，拉着五六十岁的衰弱老人，或者是三四十岁的丑陋妇女，在那灰尘当中撞过。两旁尽站着些狭小的店铺，这些店铺我是从来没有进去买过东西的，门前冷落如坟墓。

“唉，这样凄凉而寂寞的地方！”我长嘘了一口气，回到房里。东城，梦里的东城，只有她是我生命的安慰者：北河沿的月夜，携手闲游；沙滩的公寓里，围炉闲话；大学夹道中的朋友，对坐谈鬼。那里，那里的朋友是学富才高，那里的朋友是年轻貌美，那里的朋友是活泼聪明。冬夜是最恼人的！我有时从梦中醒来，残灯未灭，想到那如梦如烟的东城景象，心中只是凄然，怃然，十分难受！记得 Richard C. Cabot 在他的 *What Men Live By*[1]一书中，曾说到人生不可缺的四种东西——，工作，爱情，信仰与游戏。然而我，我的生命的寸步不离的伴侣，只有那缠绵不断的工作呵！我是一个不相信宗教而且失恋的人。说到游戏那就更可怜了。这样黑暗而寥落的北京城，哪里找得正当游戏的地方！逛新世界吗？逛城南游艺园吗？那样污秽的地方，我要去也又何忍去！

我真觉得寂寞极了。我只有让那做不完的工作来消磨我的可怜的生命。说来也惭愧，我在羊市大街住了一年，竟没有在左近找着一个相识而且很好的朋友。我是一个爱美爱智的人，我诅咒而厌恶那丑陋和愚蠢。这羊市大街的左右，多的是污秽的商店和愚蠢的工人和车夫，我应该向谁谈话呢？

然而我觉悟，现在已觉悟了。美和智是可爱的，善却同他们一般的可爱。

为了办平民读书处，我才开始同羊市大街的市民接触了。第一次进去的，是一个狭小的铜匠铺。当我走进门的时候，里面两个匠人，正站在炉火旁边，做他们未完的工作。他们看见我同他们点头，似乎有些奇怪起来了。“先生，你来买

---

① 即理查德·克拉克·卡博特（1868—1939），美国医生，此处著作为《人们赖以生存的事物》。

些什么东西？”一个四十几岁的铜匠，从他的瘦黑的脸色中，足以看出他的半生的辛苦，我含笑殷勤地这般对他说：“我不是来买东西的，我是来劝你们读书的。你愿意读书吗？我住在帝王庙。你愿意，我可送你们四本书，四本书共有一千个字，四个月读完。你愿意读，你晚上有工夫，我们可以派人来教你。”他听完我的话以后，乐得几乎跳起来了。“那是极好的事！我从小因为没有钱，所以读不起书。唉，现在真是苦极了。记一笔账，写一封信，也要去拜托旁人。先生，我愿意，我的徒弟也愿意，就请你老每晚来教我们吧。只是劳驾得很！”我从袋里拿出四本《平民千字课》，告诉他晚上再来，便走出铜匠铺了。他送我出门，从他的微笑里，显出诚恳的感激的样子。我此时心中真快乐，这种快乐却异乎寻常。The happy are made by the acquisition of good things[①]，比寻些损害他人利益自己的快乐高贵得多了。我是从学生社会里刚出来的人，我只觉得那红脸黑发的活泼青年是可爱的，我几乎忘记了那中年社会的贫苦人民，他们也有我们同样的理性，同样的感情，同样的洁白良心，只是没有我们同样的机会，所以造成那样悲惨的境遇。许多空谈改革社会的青年们呵！我们关起门来读一两本马克思或是克鲁巴

① 可译为“做好事就是幸福”。

特金的书籍，便以为满足了吗？如果你们要社会变成你们理想的天国，你们应该使多数的兄弟姊妹懂得你们的思想。教育比革命还要紧些。朋友们，我们应该用我们的心血去替代那鲜红的热血！我此时脑中的思想风起泉涌，我又走进一个棺材铺了。一进门，看见许多的大小棺材，我便想起守方对我说的话："看见了棺材，心中便觉得害怕起来。"但是，胆小的朋友呵！我们又谁能够不死呢？Marcus Aurelius[①] 说得好："死是挂在你的心上的！当你还活着的时候，当你还有权力的时候，努力变成一个好人吧！"这是我们应该时时刻刻记着的话。那棺材铺中的一个老头儿，破碎的棉袄，抽着很长的烟袋。他含笑地对我说："先生，请坐。"我此时也忍不住地笑起来了。我说："我不是来买棺材的，我是来劝你们读书的。老人家，你有几个伙计，他们都认识字吗？""我没有伙计，只有一个儿子。哈哈！先生，我今年六十五岁了。你看我还能读书吗？"我的心中真感动极了。我便告诉他平民读书处的办法，随后又送了他两本《平民千字课》。他说："很好！四个月能够读完一千字，我虽然老了，也愿意试试看。"他恭恭敬敬地端出一碗茶给我，我喝完了茶，便走出门了。我本是一个厌恶老年人的，此时

① 即马可·奥勒留（121—180），罗马皇帝，代表作有《沉思录》。

很忏悔我从前的谬误。诚恳而且真实的人们是应该受敬礼的，我们应该敬礼那诚实的老人，胜过那浮滑的青年！我乘兴劝导设立平民读书处，走进干果铺，烧饼铺，刻字铺，在几十分钟之内接谈了十几个商人，他们的态度都那么诚恳，那么动人，那么朴实可爱。

太阳已经没有了，我孤单单地回到帝王庙去。我仿佛看见羊市大街左右的店铺里尽是些可爱的人，心中觉得无限快乐，无限安慰。我忘记了这是一条污秽而寂寞的街市！丑陋和愚蠢是掩不了善的存在和价值的。美和智能给人快乐，也能给人忧愁。只有善才是人生最后的目的，也是最大的快乐！我走进自己的房里，将房门关起来，呆坐在冷清的灯光面前，什么忧愁都消灭了。只有那与人为善的观念，像火一般的燃烧在寂寞的心里。

悼萧红

靳以

对于死，
这战争的年代，
我是不常悲哀或感动的；
但如你那青春的夭折
我欲要向苍天怨诉了！

——满红[①]《哀萧红》

如果能把悲哀留在人间，也还算是活在人的心上（就是极少的人也算数的）。可是有的人也曾在这世上忙碌了三十年，至终，死了，连生前以为是最亲近的人也未必记得，把活着的记忆完全擦拭得干净了，那才是人间的大悲哀！

我记得萧红从香港是这样写来的："谢谢你的关切，我，我没有什么大病，就是身体衰弱，贫血，走在路上有时会

① 满红（1917--1942）：李满红，原名陈庆福，辽宁庄河市人，抗日志士，爱国诗人，与萧红交好。遗作编为《红灯》。

晕倒。这都不算什么，只要我的生活能好一些，这些小病就不算事了。……”

可是就我所知道的她的生活就一直也没有好过，想起她来我的面前就浮起那张失去血色的，高颧骨的无欢的脸，而且我还记得几次她和我相对的时节，说到一点过去和未来，她的大眼睛里就蕴满了泪，一转一转地，几乎就要滴落出来了。

有一个时节她和那个叫作D的人同住在一间小房子里，窗口都用纸糊住了，那个叫作D的人，全是艺术家的风度，拖着长头发，入晚便睡，早晨十二点钟起床，吃过饭，还要睡一大觉。在炎阳下跑东跑西的是她，在那不平的山城中走上走下拜访朋友的也是她，烧饭做衣裳是她，早晨因为他没有起来，拖着饿肚子等候的也是她。还有一次，他把一个四川泼剌的女用人打了一拳，惹出是非来，去调解接洽的也是她。我记得那时她曾气愤地跑到楼上来说：

“你看，他惹了祸要我来收拾，自己关起门躲起来了，怎么办呢？不依不饶地在大街上闹，这可怎么办呢？……”

又要到镇公所回话，又要到医院验伤，结果是赔些钱了事，可是这些又琐碎又麻烦的事都是她一个人奔走，D一直把门关得紧紧的，正如同她所说的那样“好像打人的是我不是他！”

可是他自有他的事情，我极少到他们的房里去，去的时候总看到他蜷缩在床上睡着。萧红也许在看书，或是写些什么。有一次我记得我走进去她才放下笔，为了不惊醒那个睡着的人，我低低地问她：

“你在写什么文章？”

她一面脸微红地把原稿纸掩上，一面也低低地回答我：

“我在写回忆鲁迅先生的文章。”

这轻微的声音却引起那个睡着的人的好奇，一面揉着眼睛一骨碌爬起来，一面略带一点轻蔑的语气说：

“你又写这样的文章，我看看，我看看……”

他果真看了一点，便又鄙夷地笑起来：

“这也值得写，这有什么好写？……”

他不顾别人难堪，便发出那奸狡的笑来，萧红的脸就更红了，带了一点气愤地说：

“你管我做什么，你写得好你去写你的，我也害不着你的事，你何必这样笑呢？”

他并没有再说什么，可是他的笑没有停止。我也觉得不平，便默默地走了。后来那篇文章我读到了，是嫌琐碎些，可是他不该说，尤其在另一个人的面前。而且也不是那写什么花絮之类的人所配说的。

当她和 D 同居的时候，在人生的路上，怕已经走得很疲乏了，她需要休息，需要一点安宁的生活，没有想到她会遇见这样一个自私的人。他自视甚高，抹却一切人的存在，虽在文章中也还显得有茫昧的理想，可是完全过着为自己打算的生活。而萧红从他那里所得到的呢，是精神上的折磨。他看不起她，他好像更把女子看成男子的附庸。她怎么能安宁呢，怎么能使疾病脱离她的身体呢？而从前那个叫作 S 的人，是不断地给她身体上的折磨，像那些没有知识的人一样，要捶打妻子的。

有一次我记得，大家都看到萧红眼睛的青肿，她就掩饰地说：

“我自己不加小心，昨天跌伤了！”

“什么跌伤的，别不要脸了！”这时坐在她一旁的 S 就得意地说：“我昨天喝了酒，借点酒气我就打她一拳，就把她的眼睛打青了！”

他说着还挥着他那紧握的拳头作势，我们都不说话，觉得这耻辱该由我们男子分担的。幸好他并没有说出“女人原要打的，不打怎么可以呀”的话来，只是她的眼睛里立刻就蕴满盈盈的泪水了。

在我所知道的她的生涯中，就这样填满了苦痛。如今她把苦痛留在人间，自己悄悄地走了，应该这苦痛更多地留在那两个男人的身上。可是他们，谁能为她真心而哭呢？我想更深地记得她的还该是那些在生活上和她有相当距离的人。

所以她的死，引起满红的眼泪，满红自己也想不到，不久他也和她走上一条路，把悲哀留给我们这些生存的人。我们并不只做无谓的哀伤，因为我们也了解生命不必吝惜，但是生命的虚掷是可惜。他们的宝贵的青春的生命，却是默默地虚掷了。

悼志摩

林徽因

十一月十九日我们的好朋友，许多人都爱戴的新诗人，徐志摩突兀的，不可信的，惨酷的，在飞机上遇险而死去。这消息在二十日的早上像一根针刺猛触到许多朋友的心上，顿使那一早的天墨一般的昏黑，哀恸的咽哽锁住每一个人的嗓子。

志摩……死……谁曾将这两个句子联在一处想过！他是那样活泼的一个人，那样刚刚站在壮年的顶峰上的一个人。朋友们常常惊讶他的活动，他那像小孩般的精神和认真，谁又会想到他死？

突然地，他闯出我们这共同的世界，沉入永远的静寂，不给我们一点预告，一点准备，或是一个最后希望的余地。这种几乎近于忍心的决绝，那一天不知震麻了多少朋友的心？现在那不能否认的事实，仍然无情地挡住我们前面。任凭我们多苦楚地哀悼他的惨死，多迫切地希冀能够仍然接触到他原来的音容，事实是不会为体贴我们这悲念而有些须更改；而他也不会为不忍我们这伤悼而有些须活动的可能！这难堪的永远静寂和消沉便是死的最残酷处。

我们不迷信地，没有宗教地望着这死的帷幕，更是丝毫没有把握。张开口我们不会呼吁，闭上眼不会入梦，徘徊在理智和情感的边沿，我们不能预期后会，对这死，我们只是永远发怔，吞咽枯涩的泪，待时间来剥削这哀恸的尖锐，痂结我们每次悲悼的创伤。那一天下午初得到消息的许多朋友不是全跑到胡适之先生家里么？但是除去拭泪相对，默然围坐外，谁也没有主意，谁也不知有什么话说，对这死！

谁也没有主意，谁也没有话说！事实不容我们安插任何的希望，情感不容我们不伤悼这突兀的不幸，理智又不容我们有超自然的幻想！默然相对，默然围坐……而志摩则仍是死去没有回头，没有音讯，永远地不会回头，永远地不会再有音讯。

我们中间没有绝对信命运之说的，但是对着这不测的人生，谁不感到惊异，对着那许多事实的痕迹又如何不感到人力的脆弱，智慧的有限。世事尽有定数？世事尽是偶然？对这永远的疑问我们什么时候能有完全的把握？

在我们前边展开的只是一堆坚质的事实：

“是的，他十九晨有电报来给我……

“十九早晨，是的！说下午三点准到南苑，派车接……

“电报是九时从南京飞机场发出的……

“刚是他开始飞行以后所发……

“派车接去了，等到四点半……说飞机没有到……

“没有到……航空公司说济南有雾……很大……”只是一个钟头的差别：下午三时到南苑，济南有雾！谁相信就是这一个钟头中便可以有这么不同事实的发生，志摩，我的朋友！

他离平的前一晚我仍见到，那时候他还不知道他次晨南旅的，飞机改期过三次，他曾说如果再改下去，他便不走了的。我和他同由一个茶会出来，在总布胡同口分手。在这茶会里我们请的是为太平洋会议来的一个柏雷博士，以为他是志摩生平最爱慕的女作家曼殊斐儿的姐丈，志摩十分的殷勤；希望可以再从柏雷口中得些关于曼殊斐儿早年的影子，只因限于时间，我们茶后匆匆地便散了。晚上我有约会出去了，回来时很晚，听差说他又来过，适遇我们夫妇刚走，他自己坐了一会儿，喝了一壶茶，在桌上写了些字便走了。我到桌上一看：

“定明早六时飞行，此去存亡不卜……”我怔住了，心中一阵不痛快，却忙给他一个电话。

“你放心。”他说，“很稳当的，我还要留着生命看更伟大的事迹呢，哪能便死？……”

话虽是这样说，他却是已经死了整两周了！

凡是志摩的朋友，我相信全懂得，死去他这样一个朋友是怎么一回事！

现在这事实一天比一天更结实，更固定，更不容否认。志摩是死了，这个简单惨酷的实际早又添上时间的色彩，一周，两周，一直地增长下去……

我不该在这里语无伦次地尽管呻吟我们做朋友的悲哀情绪。归根说，读者抱着我们文字看，也就是像志摩的请柏雷一样，要从我们口里再听到关于志摩的一些事。这个我明白，只怕我不能使你们满意，因为关于他的事，动听的，使青年人知道这里有个不可多得的人格存在的，实在太多，决不是几千字可以表达得完。谁也得承认像他这样的一个人世间便不轻易有几个的，无论在中国或是外国。

我认得他，今年整十年，那时候他在伦敦经济学院，尚未去康桥。我初次遇到他，也就是他初次认识到影响他迁学的逖更生先生。不用说他和我父亲最谈得来，虽然他们年岁上差别不算少，一见面之后便互相引为知己。他到康桥之后由逖更生介绍进了皇家学院，当时和他同学的有我姊丈温君源宁。一直到最近两个月中源宁还常在说他当时的许多笑话，虽然说是笑话，那也是他对志摩最早的一个惊异的印象。志摩认真的诗情，绝不含有任何矫伪，他那种痴，那种孩子似的天真实能令人惊讶。源宁说，有一天他在校舍里读书，外边下起了倾盆大雨，唯是英伦那样的岛国才有的狂雨。忽然他听到有人猛敲他的房门，外边跳进一个被雨水淋得全湿的客人。不用说他便是志摩，一进门一把扯着源宁向外跑，说快来我们到桥上去等着。这一来把源宁怔住了，他问志摩等什么在这大雨里。志摩睁大了眼睛，孩子似的高兴地说“看雨后的虹去”。源宁不止说他不去，并且劝志摩趁早将湿透的衣服换下，再穿上雨衣出去，英国的湿气岂是儿戏，志摩不等他说完，一溜烟地自己跑了！

以后我好奇地曾问过志摩这故事的真确，他笑着点头承认这全段故事的真实。我问：“那么下文呢，你立在桥上等了多久，并且看到虹了没有？”他说记不清，但是他居然看到了虹。我诧异地打断他对那虹的描写，问他：怎么他便知道，准会有虹的。他得意地笑答我说：“完全诗意的信仰！”

“完全诗意的信仰”，我可要在这里哭了！也就是为这“诗意的信仰”，他硬要借航空的方便达到他“想飞的宿愿”！“飞机是很稳当的，”他说，“如果要出事那是我的运命！”他真对运命这样完全诗意的信仰！

志摩，我的朋友，死本来也不过是一个新的旅程，我们没有到过的，不免过分地怀疑，死不定就比这生苦，“我们不能轻易断定那一边没有阳光与人情的温慰”，但是我前边说过，最难堪的是这永远的静寂。我们生在这没有宗教的时代，对这死实在太没有把握了。这以后许多思念你的日子，怕要全是昏暗的苦楚，不会有一点点光明，除非我也有你那美丽的诗意的信仰！

我个人的悲绪不禁又来扰乱我对他生前许多清晰的回忆，朋友们原谅。

诗人的志摩用不着我来多说，他那许多诗文便是估价他的天平。我们新诗的历史才是这样的短，恐怕他的判断人尚在我们儿孙辈的中间。我要谈的是诗人之外的志摩。人家说志摩的为人只是不经意的浪漫，志摩的诗全是抒情诗，这断语从不认识他的人听来可以说很公平，从他朋友们看来实在是对不起他。志摩是个很古怪的人，浪漫固然，但他人格里最精华的却是他对人的同情，和蔼，和优容；没有一个人他对他不和蔼，没有一种人，他不能优容，没有一种的情感，他绝对地不能表同情。我不说了解，因为不是许多人爱说志摩最不解人情么？我说他的特点也就在这上头。

我们寻常人就爱说了解；能了解的，我们便同情，不了解的，我们便很落寞乃至于酷刻。表同情于我们能了解的，我们以为很适当：不表同情于我们不能了解的，我们也认为很公平。志摩则不然，了解与不了解，他并没有过分地夸张，他只知道温存，和平，体贴，只要他知道有情感的存在，无论出自何人，在何等情况下，他理智上认为适当与否，他全能表几分同情，他真能体会原谅他人与他自己不相同处。从不会刻薄地单支出严格的迫仄的道德的天平，指摘凡是与他不同的人。他这样的温和，这样的优容，真能使许多人惭愧，我可以忠实地说，至少他要比我们多数的人伟大许多；他觉得人类各种的情感动作全有它不同的，价值放大了的人类的眼光，同情是不该只限于我们划定的范围内。他是对的，朋友们，归根说，我们能够懂得几个人，了解几桩事，几种情感？哪一桩事，哪一个人没有多面的看法！为此说来志摩朋友之多，不是个可怪的事；凡是认得他的人，不论深浅对他全有特殊的感情，也是极自然的结果。而反过来看他自己，在他一生的过程中却是很少得着同情的。不止如是，他还曾为他的一点理想的愚诚几次几乎不见容于社会。但是他却未曾为这个而鄙吝他给他人的同情心，他的性情，不曾为受了刺激而转变刻薄暴戾过，谁能不承认他几有超人的宽量。

志摩的最动人的特点，是他那不可信的纯净的天真，对他的理想的愚诚，对艺术欣赏的认真，体会情感的切实，全是难能可贵到极点。他站在雨中等虹，他甘冒社会的大不韪争他的恋爱自由；他坐曲折的火车到乡间去拜哈代，他抛弃博士一类的引诱卷了书包到英国，只为要拜罗素做老师，他为了一种特异的境遇，一时特异的感动，从此在生命途中冒险，从此抛弃所有的旧业，只是尝试写几行新诗——这几年新诗尝试的运命并不太令人踊跃，冷嘲热骂只是家常便饭——他常能走几里路去采几茎花，费许多周折去看一个朋友说两句话：这些，还有许多，都不是我们寻常能够轻易了解的神秘。我说神秘，其实竟许是傻，是痴！事实上他只是比我们认真，虔诚到傻气，到痴！他愉快起来，他的快乐的翅膀可以碰得到天，他忧伤起来，他的悲戚是深得没有底。寻常评价的衡量在他手里失了效用，利害轻重他自有他的看法，纯是艺术的情感的脱离寻常的原则，所以往常人常听到朋友们说到他总爱带着嗟叹的口吻说："那是志摩，你又有什么法子！"他真的是个怪人么？朋友们，不，一点都不是，他只是比我们近情，近理，比我们热诚，比我们天真，比我们对万物都更有信仰，对神，对人，对灵，对自然，对艺术！

朋友们，我们失掉的不止是一个朋友，一个诗人，我们丢掉的是个极难得可爱的人格。

至于他的作品全是抒情的么？他的兴趣只限于情感么？更是不对。志摩的兴趣是极广泛的。就有几件，说起来，不认得他的人便要奇怪。他早年很爱数学，他始终极喜欢天文，他对于天上星宿的名字和部位就认得很多，最喜暑夜观星，好几次他坐火车都是带着关于宇宙的科学的书。他曾经译过爱因斯坦的相对论，并且在一九二二年便写过一篇关于相对论的东西登在《民铎》杂志上。他常向思成说笑："任公先生的相对论的知识还是从我徐君志摩大作上得来的呢，因为他说他看过许多关于爱因斯坦的哲学都未曾看懂，看到志摩的那篇才懂了。"今夏我在香山养病，他常来闲谈，有一天谈到他幼年上学的经过和美国克莱克大学两年学经济学的景况，我们不禁对笑了半天，后来他在他的《猛虎集》的"序"里也说了那么一段。可是奇怪的！他不像许多天才，幼年里上学，不是不及格，便是被斥退，他是常得优等的，听说有一次康乃尔暑校里一个极严的经济教授还写了信去克莱克大学教授那里恭维他的学生，关于一门很难的功课。我不是为志摩在这里夸张，因为事实上只有为了这桩事，今夏志摩自己便笑得不亦乐乎！

此外他的兴趣对于戏剧、绘画都极深浓，戏剧不用说，与诗文是那么接近，他领略绘画的天才也颇可观，后期印象派的几个画家，他都有极精密的爱恶，对于文艺复兴时代那几位，他也很熟悉，他最爱鲍蒂切利[①]和达文骞[②]。自然他也常承认文人喜画常是间接地受了别人论文的影响，他的，就受了法兰[③]（Roger Fry）和斐德[④]（Walter Pater）的不少。对于建筑审美，他常常对思成和我道歉说："太对不起，我的建筑常识全是Ruskins[⑤]那一套。"他知道我们是讨厌Ruskins的。但是为看一个古建的残址，一块石刻，他比任何人都热心，都更能静心领略。

他喜欢色彩，虽然他自己不会作画，暑假里他曾从杭州给我几封信，他自己叫它们作"描写的水彩画"，他用英文极细致地写出西（边？）桑田的颜色，每一分嫩绿，每一色鹅黄，他都仔细地观察到。又有一次他望着我园里一带断墙

---

① 鲍蒂切利：现通译为波提切利。桑德尔·波提切利（1445—1510），15世纪末佛罗伦萨著名画家，欧洲文艺复兴早期佛罗伦萨画派的最后一位画家，意大利肖像画的先驱。代表作是《春》《维纳斯的诞生》。

② 达文骞：现通译为达·芬奇。列奥纳多·迪·皮耶罗·达·芬奇（1452—1519），意大利著名的画家、数学家、解剖学家、天文学家，与拉斐尔、米开朗琪罗并称意大利"美术三杰"，是人类历史上罕见的全能天才。

③ 即罗杰·弗莱（1866—1934），英国形式主义批评家，西方现代主义美术的开山鼻祖。

④ 即沃尔特·佩特（1839—1894），英国著名文艺批评家、作家，英国唯美主义运动的理论家和代表人物。

⑤ 即约翰·拉斯金（1819—1900），维多利亚时代艺术趣味的代言人。

半晌不语，过后他告诉我说，他正在默默体会，想要描写那墙上向晚的艳阳和刚刚入秋的藤萝。

对于音乐，中西的他都爱好，不止爱好，他那种热心便唤醒过北平一次——也许唯一的一次——对音乐的注意。谁也忘不了那一年，克拉斯拉到北平在“真光”拉一个多钟头的提琴。对旧剧他也得算“在行”，他最后在北平那几天，我们曾接连地同去听好几出戏，回家时我们讨论的热闹，比任何剧评都诚恳都起劲。

谁相信这样的一个人，这样忠实于“生”的一个人，会这样早地永远地离开我们另投一个世界，永远地静寂下去，不再透些须声息！

我不敢再往下写，志摩若是有灵，听到比他年轻许多的一个小朋友，拿着老声老气的语调谈到他的为人，不觉得不快么？这里我又来个极难堪的回忆，那一年他在这同一个的报纸上，写了那篇伤我父亲惨故的文章，这梦幻似的人生转了几个弯，曾几何时，却轮到我在这风紧夜深里握笔吊他的惨变。这是什么人生？什么风涛？什么道路？志摩，你这最后的解脱未始不是幸福，不是聪明，我该当羡慕你才是。

梦想：好的故事

好的故事

鲁迅

灯火渐渐地缩小了，在预告石油的已经不多；石油又不是老牌，早熏得灯罩很昏暗。鞭炮的繁响在四近，烟草的烟雾在身边：是昏沉的夜。

我闭了眼睛，向后一仰，靠在椅背上；捏着《初学记》的手搁在膝髁上。

我在蒙眬中，看见一个好的故事。

这故事很美丽，幽雅，有趣。许多美的人和美的事，错综起来像一天云锦，而且万颗奔星似的飞动着，同时又展开去，以至于无穷。

我仿佛记得曾坐小船经过山阴道，两岸边的乌桕，新禾，野花，鸡，狗，丛树和枯树，茅屋，塔，伽蓝，农夫和村妇，村女，晒着的衣裳，和尚，蓑笠，天，云，竹……都倒影在澄碧的小河中，随着每一打桨，各各夹带了闪烁的日光，并水里的萍藻游鱼，一同荡漾。诸影诸物，无不解散，而且摇动，扩大，互相融和；刚一融和，却又退缩，复近于原形。边缘都参差如夏云头，镶着日光，发出水银色焰。凡是我所经过的河，都是如此。

现在我所见的故事也如此。水中的青天的底子，一切事物统在上面交错，织成一篇，永是生动，永是展开，我看不见这一篇的结束。

河边枯柳树下的几株瘦削的一丈红，该是村女种的吧。大红花和斑红花，都在水里面浮动，忽而碎散，拉长了，缕缕的胭脂水，然而没有晕。茅屋，狗，塔，村女，云……也都浮动着。大红花一朵朵全被拉长了，这时是泼剌奔迸的红锦带。带织入狗中，狗织入白云中，白云织入村女中……在一瞬间，他们又将退缩了。但斑红花影也已碎散，伸长，就要织进塔，村女，狗，茅屋，云里去。

现在我所见的故事清楚起来了，美丽，幽雅，有趣，而且分明。青天上面，有无数美的人和美的事，我一一看见，一一知道。

我就要凝视他们……

我正要凝视他们时，骤然一惊，睁开眼，云锦也已皱蹙，凌乱，仿佛有谁掷一块大石下河水中，水波陡然起立，将整篇的影子撕成片片了。我无意识地赶忙捏住几乎坠地的《初学记》，眼前还剩着几点虹霓色的碎影。

我真爱这一篇好的故事，趁碎影还在，我要追回它，完成它，留下它。我抛了书，欠身伸手去取笔。——何尝有一丝碎影，只见昏暗的灯光，我不在小船里了。

但我总记得见过这一篇好的故事，在昏沉的夜……

希望

鲁迅

我的心分外地寂寞。

然而我的心很平安：没有爱憎，没有哀乐，也没有颜色和声音。

我大概老了。我的头发已经苍白，不是很明白的事么？我的手颤抖着，不是很明白的事么？那么，我的灵魂的手一定也颤抖着，头发也一定苍白了。

然而这是许多年前的事了。

这以前，我的心也曾充满过血腥的歌声：血和铁，火焰和毒，恢复和报仇。而忽而这些都空虚了，但有时故意地填以没奈何的自欺的希望。希望，希望，用这希望的盾，抗拒那空虚中的暗夜的袭来，虽然盾后面也依然是空虚中的暗夜。然而就是如此，陆续地耗尽了我的青春。

我早先岂不知我的青春已经逝去了？但以为身外的青春固在：星，月光，僵坠的胡蝶，暗中的花，猫头鹰的不祥之言，杜鹃的啼血，笑的渺茫，爱的翔舞……虽然是悲凉漂渺的青春吧，然而究竟是青春。

然而现在何以如此寂寞？难道连身外的青春也都逝去，世上的青年也多衰老了么？

我只得由我来肉薄这空虚中的暗夜了。我放下了希望之盾，我听到 Petofi Sándor[①] 的“希望”之歌：

希望是甚么？是娼妓：

她对谁都蛊惑，将一切都献给；

待你牺牲了极多的宝贝——

你的青春——她就弃掉你。

这伟大的抒情诗人，匈牙利的爱国者，为了祖国而死在可萨克[②] 兵的矛尖上，已经七十五年了。悲哉死也，然而更可悲的是他的诗至今没有死。

但是，可惨的人生！桀骜英勇如 Petofi，也终于对了暗夜止步，回顾着茫茫的东方了。他说：

绝望之为虚妄，正与希望相同。

---

① 即裴多菲·山陀尔（1823—1849），匈牙利诗人，革命家。

② 可萨克：现通译为哥萨克，是一群生活在东欧大草原（乌克兰、俄罗斯南部）上的游牧社群。骁勇善战，骑兵尤其著名。1849 年夏，裴多菲在抗击奥地利的革命战争中，被两名哥萨克骑兵杀害。

倘使我还得偷生在不明不暗的这“虚妄”中，我就还要寻求那逝去的悲凉漂渺的青春，但不妨在我的身外。因为身外的青春倘一消灭，我身中的迟暮也即凋零了。

然而现在没有星和月光，没有僵坠的胡蝶以至笑的渺茫，爱的翔舞。然而青年们很平安。

我只得由我来肉薄这空虚中的暗夜了，纵使寻不到身外的青春，也总得自己来一掷我身中的迟暮。但暗夜又在哪里呢？现在没有星，没有月光以至笑的渺茫和爱的翔舞；青年们很平安，而我的面前又竟至于并且没有真的暗夜。

绝望之为虚妄，正与希望相同！

梦与现实

郭沫若

上

昨晚月光一样的太阳照在兆丰公园的园地上。一切的树木都在赞美自己的幽闲。白的蝴蝶、黄的蝴蝶，在麝香豌豆的花丛中翻飞，把麝香豌豆的蝶形花当作了自己的姊妹。你看它们飞去和花唇亲吻，好像在催促着说：

“姐姐妹妹们，飞吧，飞吧，莫尽站在枝头，我们一同飞吧。阳光是这么和暖的，空气是这么芬芳的。”

但是花们只是在枝上摇头。

在这个背景之中，我坐在一株桑树脚下读泰戈尔的英文诗。

读到了他一首诗，说他清晨走入花园，一位盲目的女郎赠了他一只花圈。

我觉悟到他这是一个象征，这盲目的女郎便是自然的美。

我一悟到了这样的时候，我眼前的蝴蝶都变成了翩翩的女郎，争把麝香豌豆的花茎作成花圈，向我身上投掷。

我埋没在花圈的坟垒里了。——

我这只是一场残缺不全的梦境，但是，是多么适意的梦境呢！

下

今晨一早起来，我打算到静安寺前的广场去散步。

我在民厚南里的东总弄，面着福煦路的门口，却看见了一位女丐。她身上只穿着一件破烂的单衣，衣背上几个破孔露出一团团带紫色的肉体。她低着头踞在墙下把一件小儿的棉衣和一件大人的单衣，卷成一条长带。

一个四岁光景的女儿踞在她的旁边，戏弄着乌黑的帆布背囊。女丐把衣裳卷好了一次，好像不如意的光景，打开来重新再卷。

衣裳卷好了，她把来围在腰间了。她伸手去摸布囊的时候，小女儿从囊中取出一条布带来，如像漆黑了的一条革带。

她把布囊套在颈上的时候，小女儿把布带投在路心去了。

她叫她把布带给她，小女儿总不肯，故意跑到一边去向她憨笑。

她到这时候才抬起头来，啊，她才是一位——瞎子。

她空望着她女儿笑处，黄肿的脸上也隐隐露出了一脉的笑痕。

有两三个孩子也走来站在我的旁边，小女儿却拿她的竹竿来驱逐。

四岁的小女儿，是她瞎眼妈妈的唯一的保护者了。

她嬉顽了一会儿，把布带给了她瞎眼的妈妈，她妈妈用来把她背在背上。瞎眼女丐手扶着墙起来，一手拿着竹竿，得得得地点着，向福煦路上走去了。

我一面跟随着她们，一面想：

唉！人到了这步田地也还是要生活下去！那围在腰间的两件破衣，不是她们母女两人留在晚间用来御寒的棉被吗？

人到了这步田地也还是要生活下去！人生的悲剧何必向莎士比亚的杰作里去寻找，何必向川湘等处的战地去寻找，何必向大震后的日本东京去寻找呢？

得得得的竹竿点路声……是走向墓地去的进行曲吗？

马道旁的树木，叶已脱完，落叶在朔风中飘散。

啊啊，人到了这步田地也还是要生活下去！……

我跟随她们走到了静安寺前面，我不忍再跟随她们了。在我身上只寻出了两个铜元，这便成了我献给她们的最菲薄的敬礼。

愿

许地山

南普陀寺里的大石，雨后稍微觉得干净，不过绿苔多长一些，天涯的淡霞好像给我们一个天晴的信。树林里的虹气，被阳光分成七色。树上，雄虫求雌的声，凄凉得使人不忍听下去。妻子坐在石上，见我来，就问：“你从哪里来？我等你许久了。”

“我领着孩子们到海边捡贝壳咧。阿琼捡着一个破贝，虽不完全，里面却像藏着珠子的样子。等他来到，我教他拿出来给你看一看。”

“在这树荫底下坐着，真舒服呀！我们天天到这里来，多么好呢！”

妻说：“你哪里能够？……”

“为什么不能？”

“你应当做荫，不应当受荫。”

“你愿我做这样的荫么？”

“这样的荫算什么！我愿你做无边宝华盖，能普荫一切世间诸有情；愿你为如意净明珠，能普照一切世间诸有情；愿你为降魔金刚杵，能破坏一切世间诸障碍；愿你为多宝盂兰盆，能盛百味，滋养一切世间诸饿渴者；愿你有六手，十二手，百手，千万手，无量数那由他如意手，能成全一切世间等等美善事。”

我说：“极善，极妙！但我愿做调味的精盐，渗入等等食品中，把自己的形骸融散，且回复当时在海里的面目，使一切有情得尝咸味，而不见盐体。”

妻子说：“只有调味，就能使一切有情都满足吗？”

我说：“盐的功用，若只在调味，那就不配称为盐了。”

信仰的哀伤

许地山

在更阑人静的时候，伦文就要到池边对他心里所立的乐神请求说："我怎能得着天才呢？我的天才缺乏了，我要表现的，也不能尽地表现了！天才可以像油那样，日日添注入我这盏小灯么？若是能，求你为我，注入些少。"

"我已经为你注入了。"

伦先生听见这句话，便放心回到自己的屋里。他舍不得睡，提起乐器来，一口气就制成一曲。自己奏了又奏，觉得满意，才含着笑，到卧室去。

第二天早晨，他还没有盥漱，便又把昨晚上的作品奏过几遍；随即封好，教人邮到歌剧场去。

他的作品一发表出来，许多批评随着在报上登载八九天。那些批评都很恭维他：说他是这一派，那一派。可是他又苦起来了！

在深夜的时候，他又到池边去，垂头丧气地对着池水，从口中发出颤声说："我所用的音节，不能达我的意思么？

呀，我的天才丢失了！再给我注入一点吧。”

“我已经为你注入了。”

他屡次求，心中只听得这句回答。每一作品发表出来，所得的批评，每每使他忧郁不乐。最后，他把乐器摔碎了，说：“我信我的天才丢了，我不再作曲子了。唉，我所依赖的，枉费你眷顾我了。”

自此以后，社会上再不能享受他的作品；他也不晓得往哪里去了。

印度洋上的秋思

徐志摩

昨夜中秋。黄昏时西天挂下一大帘的云母屏，掩住了落日的光潮，将海天一体化成暗蓝色，寂静得如黑衣尼在圣座前默祷。过了一刻，即听得船艄布篷上窸窸窣窣啜泣起来，低压的云夹着迷蒙的雨色，将海线逼得像湖一般窄，沿边的黑影，也辨认不出是山是云，但涕泪的痕迹，却满布在空中水上。

又是一番秋意！那雨声在急骤之中，有零落萧疏的况味，连着阴沉的气氲，只是在我灵魂的耳畔私语道："秋！"我原来无欢的心境，抵御不住那样温婉的浸润，也就开放了春夏间所积受的秋思，和此时外来的怨艾构合，产出一个弱的婴儿——"愁"。

天色早已沉黑，雨也已休止。但方才啜泣的云，还疏松地幕在天空，只露着些惨白的微光，预告明月已经装束齐整，专等开幕。同时船烟正在莽莽苍苍地吞吐，筑成一座蟒鳞的长桥，直联及西天尽处，和船轮泛出的一流翠波白沫，上下对照，留恋西来的踪迹。

北天云幕豁处，一颗鲜翠的明星，喜孜孜地先来问探消息，像新嫁妇的侍婢，也穿扮得遍体光艳，但新娘依然姗姗未出。

我小的时候，每于中秋夜，呆坐在楼窗外等看“月华”。若然天上有云雾缭绕，我就替“亮晶晶的月亮”担忧。若然见了鱼鳞似的云彩，我的小心就欣欣怡悦，默祷着月儿快些开花，因为我常听人说只要有“瓦楞”云，就有月华；但在月光放彩以前，我母亲早已逼我去上床，所以月华只是我脑筋里一个不曾实现的想象，直到如今。

现在天上砌满了瓦楞云彩，霎时间引起了我早年许多有趣的记忆——但我的纯洁的童心，如今哪里去了？

月光有一种神秘的引力。她能使海波咆哮，她能使悲绪生潮。月下的喟息可以结聚成山，月下的情泪可以培畴百亩的畹兰，千茎的紫琳耿。我疑悲哀是人类先天的遗传，否则，何以我们儿年不知悲感的时期，有时对着一泻的清辉，也往往凄心滴泪呢？

但我今夜却不曾流泪。不是无泪可滴，也不是文明教育将我最纯洁的本能锄净，却为是感觉了神圣的悲哀，将我理解的好奇心激动，想学契古特白登来解剖这神秘的“眸冷骨累”[①]。冷的智永远是热的情的死仇。他们不能相容的。

但在这样浪漫的月夜，要来练习冷酷的分析，似乎不近人情！所以我的心机一转，重复将锋快的智刃剧起，让沉醉的情泪自然流转，听他产生什么音乐；让绻缱的诗魂漫自低回，看他寻出什么梦境。

明月正在云岩中间，周围有一圈黄色的彩晕，一阵阵的轻霭，在她面前扯过。海上几百道起伏的银沟，一齐在微叱凄其的音节，此外不受清辉的波域，在暗中坟坟涨落，不知是怨是慕。

我一面将自己一部分的情感，看入自然界的现象，一面拿着纸笔，痴望着月彩，想从她明洁的辉光里，看出今夜地面上秋思的痕迹，希冀她们在我心里，凝成高洁情绪的菁华。因为她光明的捷足，今夜遍走天涯，人间的恩怨哪一件不经过她的慧眼呢？

印度的 Ganges（埂奇）河边有一座小村落，村外一个榕绒密绣的湖边，坐着一对情醉的男女，他们中间草地上放着一尊古铜香炉，烧着上品的水息，那温柔婉恋的烟篆、沉馥香浓的热气，便是他们爱感的象征——月光从云端里轻俯

① 契古特白登：现通译为夏多勃里昂（chateau briand，1768—1848），法国浪漫主义文学奠基人，作品富有宗教感和原始主义意味。“眸冷骨累”则是英文单词 melan choly 的音译，意为“忧郁”。

下来，在那女子胸前的珠串上，水息的烟尾上，印下一个慈吻，微哂，重复登上她的云艇，上前驶去。

一家别院的楼上，窗帘不曾放下，几枝肥满的桐叶正在玻璃上摇曳逗趣，月光窥见了窗内一张小蚊床上紫纱帐里，安眠着一个安琪儿似的小孩，她轻轻挨进身去，在他温软的眼睫上，嫩桃似的腮上，抚摩了一会儿。又将她银色的纤指，理齐了他脐圆的额发，蔼然微哂着，又回她的云海去了。

一个失望的诗人，坐在河边一块石头上，满面写着忧郁的神情，他爱人的倩影，在他胸中像河水似的流动，他又不能在失望的渣滓里榨出些微甘液，他张开两手，仰着头，让大慈大悲的月光，那时正在过路，洗沐他泪腺湿肿的眼眶，他似乎感觉到清心的安慰，立即摸出一管笔，在白衣襟上写道：

月光，

你是失望儿的乳娘！

面海一座柴房的窗棂里，望得见屋里的内容：一张小桌上放着半块面包和几条冷肉，晚餐的剩余，窗前几上开着一本家用的《圣经》，炉架上两座点着的烛台，不住地在流泪，旁边坐着一个皱面驼腰的老妇人，两眼半闭不闭地落在伏在她膝上悲泣的一个少妇，她的长裙散在地板上像一只大花蝶。老妇人掉头向窗外望，只见远远海涛起伏，和慈祥的月光在拥抱蜜吻，她叹了声气向着斜照在《圣经》上的月彩嗫道：

“真绝望了！真绝望了！”

她独自在她精雅的书室里，把灯火一齐熄了，倚在窗口一架藤椅上，月光从东墙肩上斜泻下去，笼住她的全身，在花砖上幻出一个窈窕的倩影，她两根垂辫的发梢，她微淡的媚唇，和庭前几茎高峙的玉兰花，都在静谧的月色中微颤，她和她的呼吸，吐出一股幽香，不但邻近的花草，连月儿闻了，也禁不住迷醉，她腮边天然的妙涡，已有好几日不圆满：她瘦损了。但她在想什么呢？月光，你能否将我的梦魂带去，放在离她三五尺的玉兰花枝上？

威尔斯西境一座矿床附近，有三个工人，口衔着笨重的烟斗，在月光中间坐。他们所能想到的话都已讲完，但这异样的月彩，在他们对面的松林，左首的溪水上，平添了不可言语比说的妩媚，唯有他们工余倦极的眼珠不阖，彼此不约而同今晚较往常多抽了两斗的烟，但他们矿火熏黑、煤块擦黑的面容，表示他们心灵的薄弱，在享乐烟斗以外。虽经秋月溪声的戟刺、也不能有精美情绪之反感。等月影移西一些，他们默默地扑出了一斗灰，起身进屋，各自登床睡去。月光从屋背飘眼望进去，只见他们都已睡熟；他们即使有梦，也无非矿内矿外的景色！

月光渡过了爱尔兰海峡，爬上海尔佛林的高峰，正对着静默的红潭。潭水凝定得像一大块冰，铁青色。四围斜坦的小峰，全都满铺着蟹青和蛋白色的岩片碎石，一株矮树都没有。沿潭间有些丛草，那全体形势，正像一大青碗，现在满盛了清洁的月辉，静极了，草里不闻虫吟，水里不闻鱼跃；只有石缝里潜涧淅沥之声，断续地作响，仿佛一座大教堂里点着一星小火，益发对照出静穆宁寂的境界，月儿在铁色的潭面上，倦倚了半晌，重复拔起她的银舄，过山去了。

昨天船离了新加坡以后，方向从正东改为东北，所以前几天的船艄正对落日，此后“晚霞的工厂”渐渐移到我们船向的左手来了。

昨夜吃过晚饭上甲板的时候，船右一海银波，在犀利之中涵有幽秘的彩色，凄清的表情，引起了我的凝视。那放银光的圆球正挂在你头上，如其起靠着船头仰望。她今夜并不十分鲜艳：她精圆的芳容上似乎轻笼着一层藕灰色的薄纱；轻漾着一种悲喟的声调；轻染着几痕泪化的雾霭。她并不十分鲜艳，然而她素洁温和的光线中，犹之少女浅蓝妙眼的斜瞟；犹之春阳融解在山巅白云反映的嫩色，含有不可解的迷力，媚态，世间凡具有感觉性的人，只要承沐着她的清辉，就发生也是不可理解的反应，引起隐复的内心境界的紧张——像琴弦一样——人生最微妙的情绪，戟震生命所蕴藏高洁名贵创现的冲动。有时在心理状态之前，或于同时，撼动躯体组织，使感觉血液中突起冰流之冰流，嗅神经难禁之酸辛，内脏汹涌之跳动，泪腺之骤热与润湿。那就是秋月兴起的秋思——愁。

昨晚的月色就是秋思的泉源，岂止，直是悲哀幽骚悱怨沉郁的象征，是季候运转的伟剧中最神秘亦最自然的一幕，诗艺界最凄凉亦最微妙的一个消息。

今夜月明人尽望，不知秋思在谁家。

中国字形具有一种独一的妩媚，有几个字的结构，我看来纯是艺术家的匠心：这也是我们国粹之尤粹者之一。譬如“秋”字，已是一个极美的字形；“愁”字更是文字史上有数的杰作：有石开湖晕，风扫松针的妙处，这一群点画的配置，简直经过柯罗[①]的画篆，米开朗基罗[②]的雕圭，Chopin的神感；像——用一个科学的比喻——原子的结构，将旋转宇宙的大力收缩成一个无形无踪的电核。这十三笔造成的象征，似乎是宇宙和人生悲惨的现象和经验，吁喟和涕泪，所凝成最纯粹精密的结晶，满充了催迷的秘力。你若然有高蒂闲[③]（Gautier）异超的知感性，定然可以梦到，愁字变形为秋霞黯绿色的通明宝玉，若用银槌轻击之，当吐银色的幽咽电蛇似腾入云天。

我并不是为寻秋意而看月，更不是为觅新愁而访秋月；蓄意沉浸于悲哀的生活，是丹德所不许的。我盖见月而感秋色，因秋窗而拈新愁：人是一簇脆弱而富于反射性的神经！

我重复回到现实的景色，轻裹在云锦之中的秋月，像一个遍体蒙纱的女郎，她那团圆清朗的外貌像新娘，但同时她幂弦的颜色，那是藕灰，她踟躇的行踵，掩泣的痕迹，又使

① 柯罗（1796—1875）：法国写实主义风景画和肖像画家，法国绘画艺术从传统的历史风景画过渡到现实主义风景画的代表人物。

② 米开朗基罗（1475—1564）：又译米开朗琪罗，意大利文艺复兴时期伟大的绘画家、雕塑家、建筑师和诗人，文艺复兴时期雕塑艺术最高峰的代表，与拉斐尔和达·芬奇并称为“文艺复兴三杰”。

③ 即泰奥菲尔·戈蒂耶（1811—1872），法国诗人、小说家、戏剧家和文艺批评家。

人疑是送丧的丽姝。所以我曾说：

秋月呀！

我不盼望你团圆。

这是秋月的特色，不论她是悬在落日残照边的新镰，与“黄昏晓”竞艳的眉钩，中宵斗没西陲的金碗，星云参差间的银床，以至一轮腴满的中秋，不论盈昃高下，总在原来澄爽明秋之中，遍洒着一种我只能称之为“悲哀的轻霭”和“传愁的以太”。即使你原来无愁，见此也禁不得沾染那“灰色的音调”，渐渐兴感起来！

秋月呀！
谁禁得起银指尖儿
浪漫地搔爬呵！

不信但看那一海的轻涛，可不是禁不住她玉指的抚摩。在那里低回饮泣呢！就是那

无聊的云烟，
秋月的美满，
熏暖了飘心冷眼，

也清冷地穿上了轻缟的衣裳，

来参与这

美满的婚姻和丧礼。

醒后的惆怅

石评梅

深夜梦回的枕上，我常闻到一种飘浮的清香，不是冷艳的梅香，不是清馨的兰香，不是金炉里的檀香，更不是野外雨后的草香。不知它来自何处，去至何方？它们伴着皎月游云而来，随着冷风凄雨而来，无可比拟，凄迷辗转之中，认它为一缕愁丝，认它为几束恋感，是这般悲壮而缠绵。世界既这般空寂，何必追求物象的因果。

> 汝负我命，我还汝债，以是因缘，经百千劫常在生死。
>
> 汝爱我心，我爱汝色，以是因缘，经百千劫常在缠缚。
>
> ——《楞严经》

寂灭的世界里，无大地山河，无恋爱生死，此身既属臭皮囊，此心又何尝有物，因此我常想毁灭生命，锢禁心灵。至少把过去埋了，埋在那苍茫的海心，埋在那崇峻的山峰；

在人间永不波荡，永不飘飞；但是失败了，仅仅这一念之差，铸塑成这般罪恶。

当我在长夜漫漫，转侧呜咽之中，我常幻想着那云烟一般的往事，我感到哽酸，轻轻来吻我的是这腔无处挥洒的血泪。

我不能让生命寂灭，更无力制止她的心波澎湃，想到时总觉对不住母亲，离开她五年把自己摧残到这般枯悴。要写什么呢？生命已消逝地飞掠去了，笔尖逃逸的思绪，何曾是纸上留下的痕迹。母亲！这些话假如你已了解时，我又何必再写呢！只恨这是埋在我心冢里的，在我将要放在玉棺时，把这束心的挥抹请母亲过目。

天辛死以后，我在他尸身前祷告时，一个令我绻恋的梦醒了！我爱梦，我喜欢梦，她是浓雾里阑珊的花枝，她是雪纱轻笼了苹果脸的少女，她如苍海飞溅的浪花，她如归鸿云天里一闪的翅影。因为她既不可捉摸，又不容凝视，那轻渺渺游丝般梦痕，比一切都使人醺醉而迷惘。

诗是可以写在纸上的，画是可以绘在纸上的，而梦呢，永远留在我心里。母亲！假如你正在寂寞时候，我告诉你几个奇异的梦。

破晓

梁遇春

今天破晓酒醒时候，我忽然忆起前晚上他向我提过“空持罗带，回首恨依依”这两句词。仿佛前宵酒后曾有许多感触。宿酒尚未全醒的我，就闭着眼睛暗暗地追踪那时思想的痕迹。底下所写下来的就是还逗留在心中的一些零碎。也许有人会拿心理分析的眼光含讥地来解剖这些杂感，认为是变态的，甚至于低能的，心理的表现；可是我总是十分喜欢它们。因为我爱自己，爱这个自己厌恶着的自己，所以我爱我自己心里流出，笔下写出的文字，尤其爱自己醒时流泪醉时歌这两种情怀凑合成的东西。而且以善于写信给学生家长，而荣膺大学校长的许多美国大学校长，和单知道立身处世，势利是图的佛兰克林[①]式的人物，虽然都是神经健全、最合于常态心理的人们，却难免得使甘于堕落的有志之士恶心。

① 佛兰克林：现通译为富兰克林。本杰明·富兰克林（1706—1790），美国政治家、物理学家。同时也是出版商、印刷商、记者、作家、慈善家，还是杰出的外交家、发明家。美国独立战争时重要的领导人，美国开国三杰之一。

“空持罗带，回首恨依依”，这真是我们这一班人天天尝着的滋味。无数黄金的希望失掉了，只剩下希望的影子，做此刻惘怅的资料，此刻又弄出许多幻梦，几乎是明知道不能实现的幻梦，那又是将来回首时许多感慨之所系。于是乎，天天在心里建起七宝楼台，天天又看到前天架起的灿烂的建筑物消失在云雾里，化作命运的狞笑，仿佛《亚俪丝异乡游记》[①]里所说的空中里一个猫的笑脸。可是我们心里又晓得命运是自己，某一位文豪早已说过，“性格是命运”了！不管我们怎样似乎坦白地向朋友们，向自己痛骂自己的无能和懦弱，可是对于这个几十年来寸步不离，形影相依的自己怎能说没有怜惜，所以只好抓着空气，捏成一个莫名其妙的命运，把天下地上的一切可杀不可留的事情全归诿在他（照希腊神话说，应当称为她们）的身上，自己清风朗月般在旁学泼妇的骂街。屠格涅夫在他的某一篇小说里不是说过：Destiny makes everyman, and everyman makes his own destiny（命运定了一切人，然而一切人能够定他自己的命运）。

屠格涅夫，这位旅居巴黎，后来害了谁也不知道的病死去的老文人，从前我对他很赞美，后来却有些失恋了。他是

① 即《爱丽丝梦游仙境》。

一个意志薄弱的人，他最爱用微酸的笔调来描绘意志薄弱的人，我却也是个意志薄弱的人，也常在玩弄或者吐唾自己这种心性，所以我对于他的小说深有同感，然而太相近了，书上的字，自己心里的意思，颠来倒去无非意志薄弱这个概念，也未免太单调，所以我已经和他久违了。他在年轻时候曾跟一个农奴的女儿发生一段爱情，好像还产有一位千金，后来却各自西东了，他小说里也常写这一类飞鸿踏雪泥式的恋爱，我不幸得很或者幸得很却未曾有过这么一回事，所以有时倒觉得这个题材很可喜，这也是我近来又翻翻几本破旧尘封的他的小说集的动机。这几天偷闲读屠格涅夫，无意中却有个大发现，我对于他的敬慕也重新燃起来了。屠格涅夫所深恶的人是那班成功的人，他觉得他们都是很无味的庸人，而那班从娘胎里带来一种一事无成的性格的人们却多少总带些诗的情调。他在小说里凡是说到得意的人们时，常现出藐视的微笑和嘲侃的口吻。这真是他独到的地方，他用歌颂英雄的心情来歌颂弱者，使弱者变为他书里唯一的英雄，我觉得他这种态度是比单描写弱者性格，和同情于弱者的作家是更别致，更有趣得多。实在说起来，值得我们可怜的绝不是一败涂地的，却是事事马到功成的所谓幸运人们。

人们做事情怎么会成功呢？他必定先要暂时跟人世间一

切别的事情绝缘，专心致志去干目前的勾当。那么，他进行得愈顺利，他对于其他千奇百怪的东西越离得远，渐渐对于这许多有意思的玩意儿感觉迟钝了，最后逃不了个完全麻木。若使当他干事情时，他还是那样子处处关心，事事牵情，一曝十寒地做去，他当然不能够有什么大成就，可是他保存了他的趣味，他没有变成个只能对于一个刺激生出反应的残缺的人。有一位批评家说第一流诗人是不做诗的，这是极有道理的话。他们从一切目前的东西和心里的想象得到无限诗料，自己完全浸在诗的空气里，鉴赏之不暇，那里还有找韵脚和配轻重音的时间呢？人们在刺心的悲哀里是不会做悲歌的，Tennyson 的 *In Memoriam*[①] 是在他朋友死后三年才动笔的。一生都沉醉于诗情中的绝代诗人自然不能写出一句的诗来。感觉钝迟是成功的代价，许多扬名显亲的大人物所以常是体广身胖，头肥脑满，也是出于心灵的空虚，无忧无虑麻木地过日子。归根说起来，他们就是那么一堆肉而已。

人们对于自己的功绩常是带上一重放大镜。他不单是只看到这个东西，瞧不见春天的花草和街上的美女，他简直是钻到他的对象里面去了。也可说他太走近他的对象，冷不防

① 即阿尔弗雷德·丁尼生（1809—1892），著名英国诗人，代表作为此处的《悼念集》。

地给他的对象一口吞下。近代人是成功的科学家，可是我们此刻个个都做了机械的奴隶，这件事聪明的Samuel Butler[①]六十年前已经屈指算出，在他的杰作《虚无乡》（*Erewhon*）里慨然言之矣。崇拜偶像的上古人自己做出偶像来跟自己打麻烦，我们这班聪明的，知道科学的人们都觉得那班老实人真可笑，然而我们费尽心机发明出机械，此刻它们翻脸无情，踏着铁轮来蹂躏我们了。后之视今，犹今之视昔，真不知道将来的人们对于我们的机械会作何感想，这是假设机械没有将人类弄得覆灭，人生这幕喜剧的悲剧还继续演着的话。总之，人生是多方面的，成功的人将自己的十分之九杀死，为的是要让那一方面尽量发展，结果是尾大不掉，虽生犹死，失掉了人性，变作世上一两件极微小的事物的祭品了。

世界里什么事一达到圆满的地位就是死刑的宣告。人们一切的痴望也是如此，心愿当真实现时一定不如蕴在心头时那么可喜。一件美的东西的告成就是一个幻觉的破灭，一场好梦的勾销。若使我们在世上无往而不如意，恐怕我们会烦闷得自杀了。逍遥自在的神仙的确是比监狱中终身监禁的犯人还苦得多。闭在黑暗房里的囚犯还能做些梦消遣，神仙们

① 即塞缪尔·巴特勒（1835—1902），一位反传统的英国作家，活跃于维多利亚时代。

什么事一想立刻就成功，简直没有做梦的可能了。所以失败是幻梦的保守者，惘怅是梦的结晶，是最愉快的，洒下甘露的情绪。我们做人无非为着多做些依依的心怀，才能逃开现实的压迫，剩些青春的想头，来滋润这将干枯的心灵。成功的人们劳碌一生最后的收获是一个空虚，一种极无聊赖的感觉，厌倦于一切的胸怀。在这本无目的的人生里，若使我们一定要找一个目的来磨折自己，那么最好的目的是制作“空持罗带，回首恨依依”的心境。

哀乐

缪崇群

在夜更深的时候，我忽然醒觉了。不知从什么地方，正传过一阵一阵的哀乐，那是悠长的，低郁的，如诉如泣的。谛听了一会儿，我不知怎么自然而然地在黑暗里偷偷啜泣了。

我想不是我自己要醒觉来的，这哀乐，这悠长低郁的哀乐，它悄悄地把我灵魂的双扉敲动了。

古今都是一样的，富人的生，是荣华；富人的死，也是荣华；他们生死都是一样的荣华。贫人呢，生是寂寞，死是寂寞；恐怕生比死还要寂寞。

这哀乐，死者已不能复听了，恐怕只是为了表示富人们的子孙，虽哀犹荣吧？

让我感谢，我要感谢，它是没有代价的施舍，他施舍给我们贫困的生者：以悲哀的情调与寂寞的节奏。

我已经忘却了我的啜泣，我在黑暗里睁着我的两只眼睛——啊！我的眼睛只是睁在黑暗里。

乞丐和病者

陆蠡

仿佛我成了一个乞丐。

我站在市街阴暗的角落，向过往的人们伸手。

我用柔和的声音，温婉的眼光，谦恭的态度，向每一个人要求施舍。

市街的夜是美丽的。各种颜色的光波混合着各种乐曲的音波。在美丽的颜色间有我的黑影，在美丽的音乐中间有我求乞的声音。

无论人们予我以冷淡，轻蔑，讥诮，呵斥，我仍然有着柔和的声音，温婉的眼光和谦恭的态度。

在我的眼中人们都是同等的。不论他们是王侯、公主、贫民、歌女，我同样地用手拦住他们，求一份施舍，一枚铜子或纸币。

我在他们的眼中也是同等的。不论他们是黄种，白种，本国人，异国人，我同样地从他们的手中接到一份施舍，一个铜子或纸币。

我是一无所有。我身上只有一袭破衣衫，但这不是为了蔽寒而是为了礼貌；我的破帽则只是为了承受别人的施舍。我是世界上最穷的人。我没有金钱，名誉，爱情，幸福，地位，事业，一切人们认为美好的东西；我也没有自私，骄矜，吝啬，嫉妒，虚荣，贪欲，一切人们认为丑恶的东西。我如同来这世上的时候，也如同将要离去这世上的时候，我身上没有赍携，心中没有负累。

然而我有一个美丽的东西。我有一个幻想。没有一样东西比我幻想中的东西更美丽，更可爱，没有一块地方比我幻想之境更膏腴，更丰饶，没有一个国家比我幻想之国更自由，更平等。我有可以打开幻想的箱子的钥匙，我有可以进入幻想的国境的护照，这钥匙和护照，便是贫穷。

我还有一种珍贵的财宝。一种人们认为黄金难买的东西。我是“空闲”的所有者。有谁支配他的时间如同我浪费的光阴？有谁看见夜合花在夜里启闭，有谁看见蜗牛在潮湿的墙脚铺下银色的辇道，有谁知道夜里的溪水在石滩上怎样满涨，有谁知道露粒在草叶尖上怎般凝结？更有谁知道一个笑颜在人的脸上闪过而又消失，或是一茎须发的变白？而我，我知道这些多于别人的。因为我有多余的“空闲”，我有余闲和自然及人类接近。我消耗我的光阴在极琐细的事情上面，我浪费我的光阴如同我在海里洗澡浪费了一海的水，我是光阴的浪费者。我有浪费的权利。

我可还是另一种宝贵的东西的所有者。我拥有大量的祝福。乞丐的祝福是黄金。没有一种祝福比乞丐的祝福更真诚，更纯洁，更坦白，也是更可贵，更难求的。我用虔心的祝福报答人们的施舍。啊！你说我是在求乞么？不，我是在施予。我分赠我的祝福给愿意接受它的人。你看我穿了破衣衫在街边鹄立，我是来要求每一个过路的人为我打开祝福之门。

我又仿佛成了病者。

我没有病。只因偶时起了惜己之心，想到应当照料一下自己了，于是仿佛病了。

我没有病。只因偶时起了偷闲之心，想着愿意懒一懒呢，于是真的好像病了。

我独自睡在静静的房间里，一张干净的床上。房里有着柔和的光线，一切粗犷的噪声都被隔断。没有人来打扰我，我有正当的理由躲开别人。

于是我开始照料我自己：寒暖，饮食，思维，动作……我照料我自己如同父母照料一个婴儿，我体贴我自己如同体贴一个情人。我发现自己是那么被疼爱，被宝贵，这种并不高尚的感情在我的心中生长。这回却毫不矛盾地妥协地接受了。病是“自私”的苗床，“自私”在那里生长。

我开始检查我自己：神经，心脏，肝肾，肠胃，皮肤，毛发……我检查自己的过去和现在：忧伤，快乐，悔恨，庆幸，顺遂，蹉跌，奢心，幻灭……我分析我自己如同医士解剖一个死尸，我审鞫我自己如同法官谳问一个犯人。我发现自己的每一个缺点，正如我熟悉别人的缺点。我不能过分谴责自己，正如不能过分谴责别人，这种并不高尚的感情在我的心中生长，这回又毫不惭愧地妥协地接受了。病是“自私”的苗床，受“宽容”的灌溉。

我愿意有一回病的，我不想避开它。病是生活的白页。当你，偶然读一个长篇小说，为紧张的情节所激动而疲倦了，但你不能不读下去，那时你会渴望逢到一张白页，一个章回，籍以休息你的眼睛，松弛你的注意力，以待精神恢复；当你在人生的书本上翻了一页又一页，你逢到许多悲、欢、离、合，你有时为感情压倒了，你无法解开人生之结，你不宁愿有一场疾病么？病使苦痛遗忘，病使生机恢复。病是人生的书本的章回，它是前一章的结束，下一章的开始。

我期待着有一回病的，我需要它。病是生活的乐曲的休止节。当一个旋律进行着，一会儿是Andante[①]，

① 行板。

一会儿是 Allegro[①]，一会儿是 Crescendo[②]，一会儿是 Decrescendo[③]，你的心弦为之震荡，为之共鸣，为之颤动，为之兴感，你有时觉得有点疲累，你愿意有一个休止节，这无音的音符。病是人生的乐曲的休止节。它从前一节转到下一节，从 Fine[④] 回到 Dacapo[⑤]。

然而，正如老是生的暮年，病是死的幼年。生的长成，趋于衰老，病的长成，渐于死亡，噫！

---

① 快板。
② 渐强。
③ 渐弱。
④ 结尾。
⑤ 开头。

告别梦境

冯骥才

我在读过的一些名人的传记中，发现一个荒唐的公式，即这些大人物早在童年就心怀伟大抱负的梦，此后历经磨难，苦力奋争，终成大器。

倘若如是，这些人物真非肉骨凡胎了？一般的人想想自己的童年，大都混沌一片，毫无鸿鹄之心，如此岂不都要自悲自弃？

其实，这都是些蹩脚的传记作家，为了树立他们笔下名人的高大形象，所做的虚伪铺垫。任何一个未入社会、未经世事的人，童年时代的想法都是虚无缥缈和幼稚可笑的。

拿自己来说，我姥姥喜欢吃鸡皮，我童年时就发誓将来要做飞行员，长大后驾飞机到最远的地方给姥姥买最好的鸡皮吃。当时发誓的神气庄严不已，实际上最好的鸡皮可能就在街口的食品商场里。再比如，我一次用螺丝刀拧了拧一只坏表的后盖，碰巧那只停了许久的表走起来，父亲说我将来能做一名出色的机械师，我当真了，自信不疑，这却招致我一连把家里两个闹钟都拆毁了……

在那一切全由兴趣的年龄里，我最喜爱的莫过于小人书，收藏最多时达五百余种。许多连环画家都被我崇拜至极，例如，颜梅华、赵宏本、笔如花和张令涛等等。崇拜过分便会模仿，我便自编自绘起小人书来。大小也裁成64开，用线整整齐齐——其实是歪歪扭扭——订成一本本，封面画成彩色，还写上“冯骥才绘”，煞有介事地自己“出版”。现在如果还保留那些自制的小人书，拿来一看，准会捧腹大笑。

想做一位很棒的连环画家，倒是我童年一个挺具体又挺悠长的梦，但不知何时这个梦竟被我毫无觉察地丢掉了。到了少年和青年，又有过许多梦，想过做篮球国手、绘画大师、中国的普希金，为此我还写过一本本诗集，也是精心抄集成册，现在想起来也都要暗自发笑了。

这些梦真是可笑又可笑。

回顾昔时，儿时的梦叫人迷恋，是因为在那扑朔迷离中包含着一份稚子的纯真和傻气，包含着属于自己的过往不复的一任自然的经历，有如包含在种子里一团绿色的希望与缤纷的遐想。但人生这些梦大都终难实现，生存环境和社会现实只给可行的想法开绿灯。

我却从来没有对这些梦的消失与破灭而唏嘘感叹过，因为生活中有更博大的内在的东西吸引着我。

梦想与理想是全然不同的两种境界。

梦想再美，仅仅从属个人，它是满足自我的一己追求，精致细小地囿于狭窄的内心天地里。理想却是一种责任，一种事业，一种用献身精神为动力的人类的共同追求。尽管在理想的追求中也要遭到困扰和阻挠，我却喜欢它壮阔的气势，集体为之奋斗的荣誉感，强有力的有血有肉的硬碰硬的奋争，无论它成功或失败都富有同样的人生价值。成年人未必没有梦想，但只有把梦想转化为理想，才能获得人生意义上的升华。

夜深人静，把昨日梦想和今日理想放在一起体味，我听到了一曲深广而醉人的人生交响乐，有如天上的浮云汇成雷雨交加的浩荡天空，又如碧澈的江流涌入汹涌的大海。这才是享受。

心灵的对白

席慕蓉

在每天晚上入睡之前、每天早上醒来之后，我总禁不住想问自己一个问题：

“我想要的，到底是一些什么？”

我想要把握住的，到底是一些什么？要怎么样才能为它塑出一个具体的形象？要怎么样才能理清它的脉络呢？

窗外的槭树，叶子已变成一片璀璨的金红，又是一年将尽了，日子过得真是快！这样白日黑夜不断地反复，我的问题却还一直没有找到答案。我一直没办法用几句简单和明白的话，向你描述出我此刻的心情。

而你是知道的，对现在这个时刻，我有多感激，有多珍惜！我心中一直充满了一种朦胧的欢喜，一种朦胧的幸福，可是，我就是说不出来，几次话到唇边，就是无法出口，好像隐隐然有一种警惕：若是说出来，有些事物有些美妙的感觉就会消失不见了。

而今夜，就在提笔的那一刹那，忽然有一句话进入我的心中：

"世间总有一些事，是我们永远无法解释也无法说清的，我必须要接受自己的渺小和自己的无能为力了。"

是的，在命运之前，我必须要承认我的渺小与无能为力，一向争强好胜的我，在这里是没有什么可以争辩和可以控制的了。

就是说：在这世间，有些事物你是无法为它画出一张精确的画像来的，一旦真的变成精确了以后，它原来最美的、最令人疼惜的那一点就会消失不见了。有些事物，你也不能用简单和明白的语句来为它下一个定义的，当那个定义斩钉截铁地出现了以后，它原来最温柔的、最令人感动的那一种特质也就没有了。

所以，我终于明白了，我终于知道，这么多年以来，一直烦扰在我心中的种种焦虑和不安，其实都是不必要和莫须有的啊！因为，世间有些事情，实在是无法解释，也不用解释的啊！

原来，我如果又想画画，又想写诗，必定是因为心里有着一种想画和想写的欲望，必定是因为我的生命能从这两种创作活动里，得到极大的欢喜与安慰；因此，这实在是我自己的一种需求，一种自然的现象，我又何必一定要想出一个完美和完全的答案来呢？事情的本身应该就是一种最自然的答案了吧。

其实，你一直都是很明白，并且看得很清楚的，你一直都是知道我的，因为，你一直都认为：

“没有比自然更美、更坦白和更真诚的了。”

不是吗？如果万物都能顺着自然的道理去生长、去茁壮、去成熟，这世间就会添了多少安静而又美丽的收获呢！

一位哲学家告诉过我，世间有三种人。一种是极敏锐的，在每一种现象发生的时候，这种人都能马上做出正确的反应，来配合种种的变化，所以他们很少会发生错误，也因而不会有追悔和遗憾。另外有一种人又是非常迟钝的，遇到任何一种现象或是变化，他都是不知不觉，只顾埋头走自己的路，所以尽管一生错过无数机缘，却也始终不会察觉自己的错误，因此，也更不会有追悔和遗憾。

然后，哲学家说：所有的艺术家都属于中间的那一个阶层，没有上智的敏锐，所以常会做出错误的决定。但是，又没有下智的迟钝，所以，在他的一生之中，总是充满了一种追悔的心情。

然而，就是因为有了这一种追悔的心情，人类才会产生了那么多又那么美丽的艺术作品。

这位哲学家和我同龄，然而他的头发却因丰富的思虑变成花白，可是他的面容却又还保有一种童稚的热情。每次与他交谈，我总有一种无所遁形的感觉，好像不管是我的坏或者我的好，在他的眼睛里都已看得清清楚楚，而且就算我怎样努力地掩饰或者去显露，都没有丝毫的效果，因为，我的本质他完全明白。

那么，你是不是也是这样呢？不管我用什么样的面貌出现在你的面前，不管是毫无准备或者准备得很充分，你都能一样地看透进来呢？在你的面前，我永远只是一个最单纯的我而已呢？

“没有什么比自然更美、更坦白和更真诚的了。”

然而，这样的一种单纯，这样的一种自然，是要用几千个日夜、几千个流泪与追悔的日夜才能孕育出来的，要经过多少次的尝试与错误才能过滤出来的，要经过多少次努力的克制与追求才能得到的，要用几千几万句话才能形容得出来的啊！

“自然”是什么呢？应该就只是一种认真和努力的成长罢了，应该就只是如此而已。然而，这样认真和努力的成长，在这世间，有谁能真正知道？有谁能完全明白？有谁能绝对相信？更有谁，更有谁能从开始到结束仔仔细细地为你一一理清、一一说出、一一记住的呢?

没有，没有一个人，甚至连我自己在内，在这世间，我相信没有一个人能把成长历程中每一段细节、每一丝委婉的心事都镂刻起来，没有人能够做到这一点。

多少值得珍惜的痕迹都消逝在岁月里，消逝在风里和云里。在有意或无意间忽略了一些，在有意或无意间再忘记了一些，然后，逐渐而缓慢地，我蜕变成今日的我，站在你眼前的我，如你所说的：一个单纯而又自然的我。

然而，这样的一种单纯和自然，是用我所有的前半生来做准备的啊！我用了几十年的岁月来迎接今日与你的相遇，请你，请你千万要珍惜。亲爱的朋友，我对你一无所求，我不求你的赞美，不求你的恭维，不求你的鲜花和掌声，我只求你的了解和珍惜。

我们只能来这世上一次，只能有一个名字。我愿意用千言万语来描述这一种只有在人世间才能得到的温暖与朦胧的喜悦。我很高兴我能做中间的那一种人，我不羡慕上智，因为没有挫折的他们，不发生错误的他们，尽管不会流泪，可是却也失去了一种得到补救机会时的快乐与安慰。

其实，岁月一直在消逝，今日的得总是会变成明日的失，今日的补赎也挽不回昨日的错误，今日朦胧的幸福也将会变成明日朦胧的悲伤，可是，无论如何，我总是认真而努力地生活过了。

无论如何，借着我的画和我的诗，借着我的这些认真而努力的痕迹，我终于能得到一种回响，一种共鸣，终于发现，我竟然不是孤单和寂寞的了。

那么，我禁不住要问自己了：

“我想要的，是不是就是这种结果呢？”

我想要把握住的，是不是就只是今夜提笔时的这一种朦胧的欢喜与幸福？是不是就只是你的了解与珍惜？

“我想要的，到底是一些什么呢？”

“我想要的，到底是一些什么呢？”

人生：提醒幸福

银杏

郭沫若

银杏，我思念你，我不知道你为什么又叫公孙树。但一般人叫你是白果，那是容易了解的。

我知道，你的特征并不专在乎你有着和杏相仿佛的果实，核皮是纯白如银，核仁是富于营养——这不用说已经就足以为你的特征了。

但一般人并不知道你是有花植物中最古的先进，你的花粉和胚珠具有着动物般的性态，你是完全由人力保存了下来的奇珍。

自然界中已经是不能有你的存在了，但你依然挺立着，在太空中高唱着人间胜利的凯歌。

你这东方的圣者，你这中国人文的有生命的纪念塔，你是只有中国才有呀，一般人似乎也并不知道。

我到过日本，日本也有你，但你分明是日本的华侨，你侨居在日本大约已有中国的文化侨居在日本的那样久远了吧。

你是真应该称为中国的国树的呀，我是喜欢你，我特别的喜欢你。

但也并不是因为你是中国的特产，我才特别的喜欢，是因为你美，你真，你善。

你的株干是多么的端直，你的枝条是多么的蓬勃，你那折扇形的叶片是多么的青翠，多么的莹洁，多么的精巧呀！

在暑天你为多少的庙宇戴上了巍峨的云冠，你也为多少的劳苦人撑出了清凉的华盖。

梧桐虽有你的端直而没有你的坚牢；

白杨虽有你的葱茏而没有你的庄重。

熏风会媚妩你，群鸟时来为你欢歌；上帝百神——假如是有上帝百神，我相信每当皓月流空，他们会在你脚下来聚会。

秋天到来，蝴蝶已经死了的时候，你的碧叶要翻成金黄，而且又会飞出满园的蝴蝶。

你不是一位巧妙的魔术师吗？但你丝毫也没有令人掩鼻的那种的江湖气息。

当你那解脱了一切，你那槎桠的枝干挺撑在太空中的时候，你对于寒风霜雪毫不避易。

那是多么的嶙峋而又洒脱呀，恐怕自有佛法以来再也不曾产生过像你这样的高僧。

你没有丝毫依阿取容的姿态，但你也并不荒伧；你的美德像音乐一样洋溢八荒，但你也并不骄傲，你的名讳似乎就是“超然”，你超在乎一切的草木之上，你超在乎一切之上，但你并不隐遁。

你的果实不是可以滋养人；你的木质不是坚实的器材，就是你的落叶不也不是绝好的引火的燃料吗？

可是我真有点奇怪了：奇怪的是中国人似乎大家都忘记了你，而且忘记得很久远，似乎是从古以来。

我在中国的经典中找不出你的名字，我很少看到中国的诗人咏赞你的诗，也很少看到中国的画家描写你的画。

这究竟是怎么一回事呀，你是随中国文化以俱来的亘古的证人，你不也是以为奇怪吗？

银杏，中国人是忘记了你呀，大家虽然都在吃你的白果，都喜欢吃你的白果，但的确是忘记了你呀。

世间上也尽有不辨菽麦的人，但把你忘记得这样普遍，这样久远的例子，从来也不曾有过。

真的啦，陪都不是首善之区吗？但我就很少看见你的影子。为什么遍街都是洋槐，满园都是幽加里树呢？

我是怎样的思念你呀，银杏！我可希望你不要把中国忘记呀。

这事情是有点危险的，我怕你一不高兴，会从中国的地面上隐遁下去。

在中国的领空中会永远听不着你赞美生命的欢歌。

银杏，我真希望呀，希望中国人单为能更多吃你的白果，总有能更加爱慕你的一天。

不能骄傲

茅盾

骄傲！这是个坏名词，没有一个人肯受；却没有几个人能够真真不犯着。我且费些工夫，一件一件讲出来。

有人承受了父祖的家当，鲜衣美食，吃不完，用不尽，看着那些苦人吃了朝饭没夜饭，挨过了夏天挨不过冬，狗还不如，他却要什么有什么，满足极了，便骄傲起来。诸位！这等人该骄傲么？他的好吃好着哪里来，是自己挣来的么？他不过偶然生在富家罢了，也是和贫人一样的一个人呀！贫人虽贫，自食其力，不敬重他却看轻他，应该么？富家的儿子一面承受了家当，好吃好用；一面却也承受了一副娇嫩的身子，好吃懒做的脾气，一旦父母亡故，家产荡尽，那时……欲求苦苦活着也不能够！想到这里，我欲问天下的富家儿，能再骄傲么？

再看有一白手创家当的人，小时吃了千万辛苦，难得一旦时来运济，大丈夫有伸头的日子，钱有了，气派便也不同了，不但贫贱时的朋友不认得，亲戚也不认识了，这等人的骄傲，应该么？他的钱是自己挣的，那是不差的，不过你晓得他的钱是哪里来的呢？有许多是刮了苦人身上来的，有许多是卑颜屈膝求了来的，有许多是欺诈恐吓抢了来的，这都是正大光明来的么？也配来骄傲么？

有些人钱是来得正路了，本事也有些，但是他仍是不该骄傲，为什么？因为你有一万的固然可以骄傲一个大钱也没有的，但是他有十万百万千万的便可以骄傲你，倘然人家骄傲你时你不愿意，你也不要来骄傲人家吧！况且人生目的，是不是搒了几个钱就算数，是不是还有更大的事情等着“人”去做？

以上这几种人，他们脑子里是被肉欲金钱装满了的，他的人生目的只是如此——衣求其美，食求其精，居求其高大，肉欲求其泄罢了！一旦觉得我有人家没有，自然欲骄傲，我记得庄子有段寓言道，鸱鸟得了个腐鼠，当他宝货，鹓鸰从天上飞过，鸱鸟见了，便骄他道“哧”；又如小孩子得了一个饼，见大人看着便举起饼来夸耀，大人几曾希罕这个饼来，小孩子却不知道！鸱鸟和小孩子这种行为，我们看了可笑不可笑？然则以富贵骄人的可怜人，在心地清白的人看来，简直也和鸱鸟小孩子一样的可笑吧！

这班人正如尼采所说：“粪窖里的粪蛆虫，这个爬到那个身上，自以为得意极了！”我们唇清口白，不犯着多说来污嘴！我们且看高一等的读书人如何。

还有些读书人，自以为有学问有知识，便看不起别人，对于同道更甚，“文人相轻”，是最坏的一种习气，他们这种骄傲，自损自的人格，原不必我们来多说，不过世间有了什么“党”什么“派”，好好的事情，弄成“意气相持”，胡闹散场，都是发源于这小小骄傲，这罪恶也就够大了！更有些存心向善的无知识人，因为被他们这种难看的神气刺激，便爽性愈趋下，变为小人；这种例子也多到不可胜举，我们中国穿长衫人和穿短衫人每每不能融洽，便也受了这害处！

我们更进一步讲，学问是看不见底的；在此时此地，也许某甲是第一个有学问的人，过了几时，换了个地方，也许就算不上了。况且天地间的事，我们人类不知所以然的多着呢！自古至今，我们人类所得的知识，究竟占了天地间全部知识的几分几，没有一个人敢说定；可知人在自伙里虽然觉得你高我低，若和天地间无尽藏的真理一比，还不是五十步与百步之差么?

我有个比喻，天地间知识的全部算他一丈，人类最高的得他二分。二分看一分，自然觉得多了不少，但是同一丈一比，简直不见什么差异啊！如此说来，骄傲二字非但不可，简直是不应该。

明白人，决不骄傲；骄傲的决不是真明白人。列位倘然想做真明白人，奉劝把一切的骄傲思想都放弃了吧。否则，在你是得意，在别人看来，觉得你受这恶性的支配，做恶性的奴隶，正是怪可怜的啊！

寂寞的春朝

郁达夫

大约是年龄大了一点的缘故吧？近来简直不想行动，只爱在南窗下坐着晒晒太阳，看看旧籍，吃点容易消化的点心。

今年春暖，不到废历的正月，梅花早已开谢，盆里的水仙花，也已经香到了十分之八了。因为自家想避静，连元旦应该去拜年的几家亲戚人家都懒得去。饭后瞌睡一醒，自然只好翻翻书架，拣出几本正当一点的书来阅读。顺手一抽，却抽着了一部退补斋刻的陈龙川的文集。一册一册地翻阅下去，觉得中国的现状，同南宋当时，实在还是一样。外患的迭来，朝廷的蒙昧，百姓的无智，志士的悲哽，在这中华民国的二十四年，和孝宗的乾道淳熙，的确也没有什么绝大的差别，从前有人吊岳飞说：“怜他绝代英雄将，争不迟生付孝宗！”但是陈同甫的《中兴五论》，上孝宗皇帝的《三书》，毕竟又有点什么影响？

读读古书，比比现代，在我原是消磨春昼的最上法门。但是且读且想，想到了后来，自家对自家，也觉得起了反感。

在这样好的春日，又当这样有为的壮年，我难道也只能同陈龙川一样，做点悲歌慷慨的空文，就算了结了么？但是一上书不报，再上，三上书也不报的时候，究竟一条独木，也支不起大厦来的。为免去精神的浪费，为避掉亲友的来扰，我还是拖着双脚，走上城隍山去看热闹去。

自从迁到杭州来后，这城隍山真对我发生了绝大的威力。心中不快的时候，闲散无聊的时候，大家热闹的时候，风雨晦冥的时候，我的唯一的逃避之所就是这一堆看去也并不高大的石山。去年旧历的元旦，我是上此地来过的；今年虽则年岁很荒，国事更坏，但山上的香烟热闹，绿女红男，还是同去年一样。对花溅泪，怕要惹得旁人说煞风景，不得已我只好于背着手走下山来的途中，哼它两句旧诗：

大地春风十万家，偏安原不损繁华。
输降表已传关外，册帝文应出海涯。
北阙三书终失策，暮年一第亦微瑕。
千秋论定陈同甫，气壮词雄节较差。

走到了寓所，连题目都想好了，是《乙亥元日，读陈龙川集，有感时事》。

我的梦，我的青春

郁达夫

不晓得是在哪一本俄国作家的作品里，曾经看到过一段写一个小村落的文字，他说："譬如有许多纸折起来的房子，摆在一段高的地方，被大风一吹，这些房子就歪歪斜斜地飞落到了谷里，紧挤在一道了。"前面有一条富春江绕着，东西北的三面尽是些小山包住的富阳县城，也的确可以借了这一段文字来形容。

虽则是一个行政中心的县城，可是人家不满三千，商店不过百数；一般居民，全不晓得做什么手工业，或其他新式的生产事业，所靠以度日的，有几家自然是祖遗的一点田产，有几家则专以小房子出租，在吃两元三元一月的租金；而大多数的百姓，却还是既无恒产，又无恒业，没有目的，没有计划，只同蟑螂似的在那里出生，死亡，繁殖下去。

这些蟑螂的密集之区，总不外乎两处地方：一处是三个铜子一碗的茶店，一处是六个铜子一碗的小酒馆。他们在那里从早晨坐起，一直可以坐到晚上上排门的时候；讨论柴米油盐的价格，传播东邻西舍的新闻，为了一点不相干的细事，譬如说吧，甲以为李德泰的煤油只卖三个铜子一提，乙以为是五个铜子两提的话，双方就会得争论起来；此外的人，也马上分成甲党或乙党提出证据，互相论辩，弄到后来，也许相打起来，打得头破血流，还不能够解决。

因此，在这么小的一个县城里，茶店酒馆，竟也有五六十家之多；于是大部分的蟑螂，就家里可以不备面盆手巾、桌椅板凳、饭锅碗筷等日常用具，而悠悠地生活过去了。离我们家里不远的大江边上，就有这样的两处蟑螂之窟。

在我们的左面，住有一家砍砍柴、卖卖菜，人家死人或娶亲，去帮帮忙跑跑腿的人家。他们的一族，男女老少的人数很多很多，而住的那一间屋，却只比牛栏马槽大了一点。他们家里的顶小的一位苗裔年纪比我大一岁，名字叫阿千，冬天穿的是同伞似的一堆破絮，夏天，大半身是光光地裸着的；因而皮肤黝黑，臂膀粗大，脸上也像是生落地之后，只洗了一次的样子。他虽只比我大了一岁，但是跟了他们屋里的大人，茶店酒馆日日去上，婚丧的人家，也老在进出；打起架吵起嘴来，尤其勇猛。我每天见他从我们的门口走过，心里老在羡慕，以为他又上茶店酒馆去了，我要到什么时候，才可以同他一样的和大人去夹在一道呢！而他的出去和回来，不管是在清早或深夜，我总没有一次不注意到的，因为他的喉音很大，有时候一边走着，一边在绝叫着和大人谈天，若只他一个人的时候哩，总在噜苏地唱戏。

当一天的工作完了，他跟了他们家里的大人，一道上酒店去的时候，看见我欣羡地立在门口，他原也曾邀约过我；但一则怕母亲要骂，二则胆子终于太小，经不起那些大人的盘问笑说，我总是微笑着摇摇头，就跑进屋里去躲开了，为的是上茶酒店去的诱惑性，实在强不过。

有一个春天的早晨，母亲上父亲的坟头去扫墓去了，祖母也一侵早上了一座远在三四里路外的庙里去念佛。翠花在灶下收拾早餐的碗筷，我只一个人立在门口，看有淡云浮着的青天。忽而阿千唱着戏，背着钩刀和小扁担绳索之类，从他的家里出来，看了我的那种没精打采的神气，他就立了下来和我谈天，并且说：

“鹳山后面的盘龙山上，映山红开得多着哩；并且还有乌米饭（是一种小黑果子），彤管子（也是一种刺果），刺莓等等，你跟了我来吧，我可以采一大堆给你。你们奶奶，不也在北面山脚下的真觉寺里念佛么？等我砍好了柴，我就可以送你上寺里去吃饭去。”

阿千本来是我所崇拜的英雄，而这一回又只有他一个人去砍柴，天气那么的好，今天侵早祖母出去念佛的时候，我本是嚷着要同去的，但她因为怕我走不动，就把我留下了。现在一听到了这一个提议，自然是心里急跳了起来，两只脚便也很轻松地跟他出发了，并且还只怕翠花要出来阻挠，跑路跑得比平时只有得快些。出了弄堂，向东沿着江，一口气跑出了县城之后，天地宽广起来了，我的对于这一次冒险的惊惧之心就马上被大自然的威力所压倒。这样问问，那样谈谈，阿千真像是一部小小的自然界的百科大辞典；而到盘龙山脚去的一段野路，便成了我最初学自然科学的模范小课本。

麦已经长得有好几尺高了，麦田里的桑树，也都发出了绒样的叶芽。晴天里舒叔叔的一声飞鸣过去的，是老鹰在觅食；树枝头吱吱喳喳，似在打架又像是在谈天的，大半是麻雀之类；远处的竹林丛里，既有抑扬，又带余韵，在那里歌唱的，才是深山的画眉。

上山的路旁，一拳一拳像小孩子的拳头似的小草，长得很多；拳的左右上下，满长着些绛黄的绒毛，仿佛是野生的虫类，我起初看了，只在害怕，走路的时候，若遇到一丛，总要绕一个弯，让开它们，但阿千却笑起来了，他说：

“这是薇蕨，摘了去，把下面的粗干切了，炒起来吃，味道是很好的哩！”

渐走渐高了，山上的青红杂色，迷乱了我的眼目。日光直射在山坡上，从草木泥土里蒸发出来的一种气息，使我呼吸感到了困难；阿千也走得热起来了，把他的一件破夹袄一脱，丢向了地下。教我在一块大石上坐下息着，他一个人穿了一件小衫唱着戏去砍柴采野果去了；我回身立在石上，向大江一看，又深深地深深地得到了一种新的惊异。

这世界真大呀！那宽广的水面！那澄碧的天空！那些上下的船只，究竟是从哪里来，上哪里去的呢？

我一个人立在半山的大石上，近看看有一层阳炎在颤动着的绿野桑田，远看看天和水以及淡淡的青山，渐听得阿千的唱戏声音幽下去远下去了，心里就莫名其妙地起了一种渴望与愁思。我要到什么时候才能大起来呢？我要到什么时候才可以到这像在天边似的远处去呢？到了天边，那么我的家呢？我的家里的人呢？同时感到了对远处的遥念与对乡井的离愁，眼角里便自然而然地涌出了热泪。到后来，脑子也昏乱了，眼睛也模糊了，我只呆呆地立在那块大石上的太阳里做幻梦。我梦见有一只揩擦得很洁净的船，船上面张着了一面很大很饱满的白帆，我和祖母、母亲、翠花、阿千等都在船上，吃着东西，唱着戏，顺流下去，到了一处不相识的地方。我又梦见城里的茶店酒馆，都搬上山来了，我和阿千便在这山上的酒馆里大喝大嚷，旁边的许多大人，都在那里惊奇仰视。

这一种接连不断的白日之梦，不知做了多少时候，阿千却背了一捆小小的草柴，和一包刺莓、映山红、乌米饭之类的野果，回到我立在那里的大石边来了；他脱下了小衫，光着了脊肋，那些野果就系包在他的小衫里面的。

他提议说，时候不早了，他还要砍一捆柴，且让我们吃着野果，先从山腰走向后山去吧，因为前山的草柴，已经被人砍完，第二捆不容易采刮拢来了。

慢慢地走到了山后，山下的那个真觉寺的钟鼓声音，早就从春空里传送到了我们的耳边，并且一条青烟，也刚从寺后的厨房里透出了屋顶。向寺里看了一眼，阿千就放下了那捆柴，对我说：

“他们在烧中饭了，大约离吃饭的时候也不很远，我还是先送你到寺里去吧！”

我们到了寺里，祖母和许多同伴着的念佛婆婆，都张大了眼睛，惊异了起来。阿千走后，她们就开始问我这一次冒险的经过，我也感到了一种得意，将如何出城，如何和阿千上山采集野果的情形，说得格外的详细。后来坐上桌去吃饭的时候，有一位老婆婆问我：“你大了，打算去做些什么？”

我就毫不迟疑地回答她说："我愿意去砍柴！"

故乡的茶店酒馆，到现在还在风行热闹，而这一位茶店酒馆里的小英雄，初次带我上山去冒险的阿千，却在一年涨大水的时候，喝醉了酒，淹死了。他们的家族，也一个个地死的死，散的散，现在没有生存者了；他们的那一座牛栏似的房屋，已经换过了两三个主人。时间是不饶人的，盛衰起灭也绝对地无常的：阿千之死，同时也带去了我的梦，我的青春！

论自己

朱自清

翻开辞典，“自”字下排列着数目可观的成语，这些“自”字多指自己而言。这中间包括着一大堆哲学，一大堆道德，一大堆诗文和废话，一大堆人，一大堆我，一大堆悲喜剧。自己“真乃天下第一英雄好汉”，有这么些可说的，值得说值不得说的！难怪纽约电话公司研究电话里最常用的字，在五百次通话中会发现三千九百九十次的“我”。这“我”字便是自己称自己的声音，自己给自己的名儿。

自爱自怜！真是天下第一英雄好汉也难免的，何况区区寻常人！冷眼看去，也许只觉得那枉自尊大狂妄得可笑；可是这只见了真理的一半儿。掉过脸儿来，自爱自怜确也有不得不自爱自怜的。幼小时候有父母爱怜你，特别是有母亲爱怜你。到了长大成人，“娶了媳妇儿忘了娘”，娘这样看时就不必再爱怜你，至少不必再像当年那样爱怜你。——女的呢，“嫁出门的女儿，泼出门的水”；做母亲的虽然未必这样看，可是形格势禁而且鞭长莫及，就是爱怜得着，也只算找补点罢了。爱人该爱怜你？然而爱人们的嘴一例是甜蜜的，谁能说“你泥中有我，我泥中有你”真有那么回事儿？赶到爱人变了太太，再生了孩子，你算成了家，太太得管家管孩子，更不能一心儿爱怜你。你有时候会病，“久病床前无孝子”，太太怕也够倦的，够烦的。住医院？好，假如有运气住到像当年北平协和医院样的医院里去，倒是比家里强得多。但是护士们看护你，是服务，是工作；也许夹上点儿爱怜在里头，那是“好生之德”，不是爱怜你，是爱怜“人类”。——你又不能老待在家里，一离开家，怎么着也算“做客”；那时候更没有爱怜你的。可以有朋友招呼你，但朋友有朋友的事儿，哪能教他将心常放在你身上？可以有属员或仆役伺候你，那——说得上是爱怜么？总而言之，天下第一爱怜自己的，只有自己；自爱自怜的道理就在这儿。

再说，“大丈夫不受人怜”。穷有穷干，苦有苦干；世界那么大，凭自己的身手，哪儿就打不开一条路？何必老是向人愁眉苦脸唉声叹气的！愁眉苦脸不顺耳，别人会来爱怜你？自己免不了伤心的事儿，咬紧牙关忍着，等些日子，等些年月，会平静下去的。说说也无妨，只别不拣时候不看地方老是向人叨叨，叨叨得谁也不耐烦地岔开你或者躲开你。也别怨天怨地将一大堆感叹的句子向人身上扔过去。你怨的是天地，倒碍不着别人，只怕别人奇怪你的火气怎么这样大。自己也免不了吃别人的亏。值不得计较的，不作声吞下肚去。出入大的想法子复仇，力量不够，卧薪尝胆地准备着。可别这儿那儿尽嚷嚷——嚷嚷完了一扔开，倒便宜了那欺负你的人。“好汉胳膊折了往袖子里藏”，为的是不在人面前露怯相，要人爱怜这“苦人儿”似的，这是要强，不是装。说也怪，不受人怜的人倒是能得人怜的人；要强的人总是最能自爱自怜的人。

大丈夫也罢，小丈夫也罢，自己其实是渺乎其小的，整个儿人类只是一个小圆球上一些碳水化合物，像现代一位哲学家说的，别提一个人的自己了。庄子所谓马体一毛，其实还是放大了看的。英国有一家报纸登过一幅漫画，画着一个人，仿佛在一间铺子里，周遭陈列着从他身体里分析出来的各种原素，每种标明分量和价目，总数是五先令——那时合七元钱。现在物价涨了，怕要合国币[①]一千元了吧？然而，个人的自己也就值区区这一千元儿！自己这般渺小，不自爱自怜着点又怎么着！然而，“顶天立地”的是自己，“天地与我并生，万物与我为一”的也是自己；有你说这些大处只是

① 本文写于民国三十一年（1942），当时大量发行纸币，引发通货膨胀，国币很不值钱。

好听的话语，好看的文句？你能愣说这样的自己没有！有这么的自己，岂不更值得自爱自怜的？再说自己的扩大，在一个寻常人的生活里也可见出。且先从小处看。小孩子就爱搜集各国的邮票，正是在扩大自己的世界。从前有人劝学世界语，说是可以和各国人通信。你觉得这话幼稚可笑？可是这未尝不是扩大自己的一个方向。再说这回抗战，许多人都走过了若干地方，增长了若干阅历。特别是青年人身上，你一眼就看出来，他们是和抗战前不同了，他们的自己扩大了。这样看，自己的小，自己的大，自己的由小而大，在自己都是好的。

自己都觉得自己好，不错；可是自己的确也都爱好。做官的都爱做好官，不过往往只知道爱做自己家里人的好官，自己亲戚朋友的好官；这种好官往往是自己国家的贪官污吏。做盗贼的也都爱做好盗贼——好喽啰，好伙伴，好头儿，可都只在贼窝里。有大好，有小好，有好得这样坏。自己关闭在自己的丁点大的世界里，往往越爱好越坏。所以非扩大自己不可。但是扩大自己得一圈儿一圈儿的，得充实，得踏实。别像肥皂泡儿，一大就裂。“大丈夫能屈能伸”，该屈的得屈点儿，别只顾伸出自己去。也得估计自己的力量。力量不够的话，“人一能之，己百之，人十能之，己千之”；得寸是寸，得尺是尺。总之路是有的。看得远，想得开，把得稳；自己是世界的时代的一环，别脱了节才真算好。力量怎样微弱，可是是自己的。相信自己，靠自己，随时随地尽自己的一份儿往最好里做去，让自己活得有意思，一时一刻一分一秒都有意思。这么着，自爱自怜才真是有道理的。

听潮的故事

鲁彦

一年夏天，趁着刚离开厌烦的军队的职务，我和妻坐着海轮，到了一个有名的岛上。

这里是佛国，全岛周围三十里中，除了七八家店铺以外，全是寺院。为了要完全隔绝红尘的凡缘，几千个出了俗的和尚绝对地拒绝了出家的尼姑在这里修道，连开店铺的人也被禁止了带女眷在这里居住。荤菜是不准上岸的，开店的人也受这拘束。

只有香客是例外，可以带着女眷，办了荤菜上这佛国。岛上没有旅店，每一个寺院都特设了许多房子给香客住宿，而且允许男女香客同住在一间房子里。厨房虽然是单煮素菜的，但香客可以自备一只锅子，在那里烧肉吃。这样的香客多半是去观光游览的，不是真正烧香念佛的香客。

我们就属于这一类。

这时佛国的香会正在最热闹的时期里，四方善男信女都跨山过海集中在这里。寺院里一天到晚做着佛事，满岛上来去进香领牒的男女恰似热锅上的蚂蚁，把清净的佛国变成了热闹的都市。

我们游览完了寺刹和名胜，觉得海的神秘和伟大不是在短促的时间里领略得尽，便决计在这岛上多住一些时候，待香客们散尽再离开。几天后，我们选了一个幽静的寺院，搬了过去。

它就在海边，有三间住客的房子，一个凉台还突出在海上。当时这三间房子里正住着香客，当家的答应过几天待他们走了就给我们一间房子，我们便暂在靠海湾的一间楼房住下了。

楼房的地位已经相当的好，从狭小的窗洞里可以望见落日和海湾尽头的一角。每次潮来的时候，听见海水冲击岩石的声音，看见空中细雨似的，朝雾似的，暮烟似的飞沫的升落。有时它带着腥气，带着咸味，一直冲进了我们的小窗，粘在我们的身上，润湿着房中的一切。

像是因为寺院的地点偏僻了一点的缘故，到这里来的香客比较少了许多，佛事也只三五天一次，住宿在寺院里的香客只有十几个人。这冷静正合我们的意，而我们的来到，却仿佛因为减少了寺院里的一分冷静，受了当家的欢迎。待遇显得特别周到：早上晚上和下午三时，都有一些不同的点心端了出来，饭菜也很鲜美，进出的时候，大小和尚全对我们打招呼，有时当家的还特地跑了来闲谈。

这一切都使我们高兴，妻简直起了在那里住上几个月的念头了。

“要是搬到了突出在海上的房子里，海就完全属于我们的了！”妻渴望地说。

过了几天，那边走了一部分香客，空了一间房子出来，我们果然搬过去了。

这里是新式的平屋，但因为突出在海上，它像是楼房。房间宽而且深，中间一个厅。住在厅的那边的房里的是一对年轻的夫妻，才从上海的一个学校里毕业出来，目的想在这里一面游玩，一面读书，度过暑假。

“现在这海——这海完全是我们的了！”当天晚上，我们靠着凉台的栏杆，赏玩海景的时候，妻又高兴地叫着说。

大海上一片静寂。在我们的脚下，波浪轻轻地吻着岩石，睡眠了似的。在平静的深暗的海面上，月光辟了一条狭而且长的明亮的路，闪闪地颤动着，银鳞一般。远处灯塔上的红光镶在黑暗的空间，像是一个宝玉。它和那海面银光在我们面前揭开了海的神秘——那不是狂暴的不测的可怕的神秘，那是幽静的和平的愉悦的神秘。我们的脚下仿佛轻松起来，平静地，宽怀地，带着欣幸与希望，走上了那银光的道路，朝着宝玉般的红光走了去。

“岂止成佛呵！”妻低声地说着，偏过脸来偎着我的脸。她心中的喜悦正和我的一样。

海在我们脚下沉吟着，诗人一般。那声音像是朦胧的月光和玫瑰花间的晨雾那样的温柔，像是情人的蜜语那样的甜美。低低的，轻轻的，像微风拂过琴弦，像落花飘到水上。

海睡熟了。

大小的岛屿拥抱着，偎依着，也静静地蒙眬地入了睡乡。

星星在头上也眨着疲倦的眼，也将睡了。

许久许久，我们也像入了睡似的，停止了一切的思念和情绪。

不晓得过了多少时候，远处一个寺院里的钟声突然惊醒了海的沉睡。它现在激起了海水的兴奋，渐渐向我们脚下的岩石推了过来，发出哺哺的声音，仿佛谁在海里吐着气。海面的银光跟着翻动起来，银龙似的。接着我们脚下的岩石里就像铃子、铙钹、钟鼓在响着，愈响愈大了。

没有风。海自己醒了，动着。它转侧着，打着呵欠，伸着腰和脚，抹着眼睛。因为岛屿挡住了它的转动，它在用脚踢着，用手拍着，用牙咬着。它一刻比一刻兴奋，一刻比一刻用力。岩石渐渐起了战栗，发出抵抗的叫声，打碎了海的鳞片。

海受了创伤，愤怒了。

它叫吼着，猛烈地往岸边袭击了过来，冲进了岩石的每一个罅隙里，扰乱岩石的后方，接着又来了正面的攻击，刺打着岩石的壁垒。

声音越来越大了。战鼓声，金锣声，枪炮声，呐喊声，叫号声，哭泣声，马蹄声，车轮声，飞机的机翼声，火车的汽笛声，都掺杂在一起，千军万马混战了起来。

银光消失了。海水疯狂地汹涌着，吞没了远近的岛屿。它从我们的脚下浮了起来，雷似的怒吼着，一阵阵地将满带着血腥的浪花泼溅在我们的身上。

“可怕的海！”妻战栗地叫着说，“这里会塌哩！”

“哪里的话！”

“至少这声音是可怕得够了！”

“伟大的声音！海的美就在这里了！”我说。

“你看那红光！”妻指着远处越发明亮的灯塔上的红灯说，“它镶在黑暗的空间，像是血！可怕的血！”

“倘若是血，就愈显得海的伟大哩！”

妻不复作声了，她像感觉到我的话的残忍似的，静默而又恐怖地走进了房里。

现在她开始起了回家的念头。她不再说那海是我们的话了。每次潮来的时候，她便忧郁地坐在房里，把窗子也关了起来。

“向来是这样的，你看！”退潮的时候，我指着海边对她说。“一来一去，是故事！来的时候凶猛，去的时候多么平静呵！一样的美！”

然而她不承认我的话。她总觉得那是使她恐惧，使她厌憎的。倘使我的感觉和她的一样，她愿意立刻就离开这里。但为了我，她愿意再留半个月。我喜欢海，尤其是潮来的时候。因此即使是和妻一道关在房子里，从闭着的窗户里听着外面模糊的潮音，也觉得很满意，再留半个月，尽够欣幸了。

一天，两天，我珍视的日子，已经过去了四天。我们的寺院里忽然来了两个肥胖的外国人，随带着一个中国茶房，几件行李，那是和尚们从轮船码头上接来的。当家的陪他们到我们的屋子里看了一遍，合了他们的意以后，忽然对我们对面住着的年轻夫妻提出了迁让的要求。

“一样给你们钱，为什么要我们让给外国人？”他们拒绝了。

随后这要求轮到了我们，也得到了同样的回答。

当家的去后，别的和尚又来了，他们明白地说明了外国人可以多出一点钱的原因，要求我们四个人同住在一间房子里，让一间房子出来给外国人。他们甚至已经把行李搬到我们的厅里来了。

“什么话！”年轻的学生发怒了，“外国人出多少钱，我们也出多少钱就是！我们都有女眷，怎么可以同住在一间房子里！”

他们受不了这侮辱，开始骂了起来，终于立刻卷起行李，走了。妻也生了气，提议一道走。但我觉得这是常情，劝她忍受一下。

“只有十天了。管他这些！谁晓得什么时候还能再来听这潮音呵！”

妻的气愤虽然给我劝住了，但因她的感觉太灵敏，却愈加不快活起来。她远远地看见了路上的香客，就以为是到这个寺院来住的，怀疑着我们将得到第二次的被驱逐。她觉察出当家的已几天没有来和我们打招呼，大小和尚看见我们的时候脸上没有笑容，菜蔬也坏了，甚至生了虫的。

“早些走吧！”妻时常催促我。

“只有八天了。”我说。

“不能留了！”过了一天，妻又催了。

“只有七天了。”

“只有六天，五天半了。”我又回答着妻的催促。

“等到将来我们有了钱，自己在海边造起房子来，尽你享受的，那时海就完全是你的了！”

“好了，好了，只有四天半了哩！以后不再到海边听潮也行。海是不能属于一个人的。造了房子，说不定还要做和尚的。”

然而妻终于不能忍耐了。这天晚上，当家的忽然跑来和我们打招呼，脸上没有一点笑容。

“香期快完了，大轮船不转这里，菜蔬会成问题哩！……”

我们看见他给外国人吃的菜比我们好而且多到几倍，他说这话，明明是一种逐客的借口，甚至是一种恫吓。

“我们就要走了！你不用说谎！”

“哪里，哪里！”他狡猾地微笑一下，走了。

“都是你糊涂！潮呀，海呀，听到一次，看过一次，就够了，偏要留着不肯走！明天再不走，还要等到人家把我们的行李摔出去吗？我刚才已经看见他们又接了两个香客来了！”妻喃喃地埋怨着。

"好，好，明天就走吧，也享受得够快乐了。"

"受了人家的侮辱，还说快乐！"

"那是常情，"我说，"到处都一样的。"

"我可受不了！"

"明天一上轮船，这些事情就成为故事了。二十四，二十三，二十二，二十一，十八，不是只有十八个钟头吗？"我笑着说。

然而这时间也确实有点难以度过。第二天早晨，正当我们取了钱，预备去付账，声明下午要走的时候，我们的厅堂里忽然又搬进行李来了，正放在我们这一边。那正是昨天才来的香客。

妻气得失了色，说不出话来，只是瞪着眼睛望着我。不用说，当家的立刻又要来到，第一次的故事又要重演一次了。

"给这故事变一个喜剧让妻消一点闷吧！"我这样想着，从箱子里取出了军队里的制服，穿在身上，把那方绫的符号和银质的徽章特别露挂在外面，往厅里走了去。

当家的正从外面走了进来，看见我的奇异的形状，突然站住了。

他非常惊愕地注视着我，皱一皱眉头，又立刻现出了一个不自然的笑容。

“鲁……”他不晓得应该怎样称呼我了，机械地合了掌，“老爷，你好！”

“有什么事吗，当家的？”我瞪着眼望他。

“没有什么——特来请个安。唔！这是谁的行李？”他转过头去，问跟在后背的小和尚。

“这就是李先生的。”

“哼——阿弥陀佛！你们这些人真不中用！怎么拿到这里来了？我不是说过，安置在西楼上的吗？”

“师父不是说……”

“阿弥陀佛！快些拿去！快些拿去！——这样不中用！”

我看见了他对小和尚睒着眼睛。

“到我房子里坐坐吧，当家的，我正想去找你呢！”

“是，是，”他睁着疑惑的眼光注意着我的脸色，“请不要生气，吵闹了你，这完全是他们弄错了。咳！真不中用！请老爷多多原谅。”他又对站在我后背发笑的妻合着掌说：“请太太多多原谅！”

“哪里，哪里！”我微笑地回答着。

我待他跟进了房里，从衣袋里摸出几张钞票，放在他面前说：

“我们今天要走了，当家的，这一点点香钱，请收了吧。”

他惊愕地站着，又机械地合了掌，似乎还怀疑着我发了气。

“原谅，老爷！我们太怠慢了！天气热得很，还请住过夏再走！钱是决不敢领的！”

为要使他安静，我反复地说明了要走的原因，是军队里的假期已满，而且还有别的重要的公事。钱呢，是给他买香烛的，必须给我们收下。他安了心，恭敬地合着掌走了，不肯拿钱。我叫茶房送去了两次，他又亲自送了回来。最后我自己送了去，说了许多话，他才收下了。

他办了一桌酒席，给我们送行，又送了一些佛国的特产和蔬菜。

“这一个玩笑开得太凶了！和尚也可怜哩！”现在妻的气愤不但完全消失，反而觉得不忍了。

“这只是平常的故事，一来一去，完全和潮一样的！”我说，“无爱无憎，才能见到真正的美，所以释迦成了佛呢！”

“无论你怎样玄之又玄，总之这海，这潮，这佛国，使我厌憎！”妻临行前喃喃地不快活地说。

她没有注意到当家的站在门口，还在大声地说着，要我们明年再来。

寂寞

陆蠡

当一个人独处的时候，当他孑身作长途旅行的时候，当幸福和欢乐给他一个巧妙的嘲弄，当年和月压弯了他的脊背，使他不得不躲在被遗忘的角落，度厌倦的朝暮，那时人们会体贴到一个特殊的伴侣——寂寞。

寂寞如良师，如益友，它在你失望的时候来安慰你，在你孤独的时候来陪伴你，但人们却不喜爱寂寞。如苦口的良友，人们疏离它，回避它，躲闪它。终于有一天人们会想念它，寻觅它，亲近它，甚至不愿离开它。

愿意听我说我是怎样和寂寞相习的么？

幼小的时候，我有着无知的疯狂。我追逐快乐，像猎人追赶一只美丽的小鹿。这是敏捷的东西，在获不到它的时候它的影子是一种诱惑和试探。我要得到它，我追赶。它跑在我的面前。我追得愈紧，它跑得愈快。我越过许多障碍和困难，如同猎人越过丘山和林地，最后，在失望的草原上失去了它。一如空手回来的猎人，我空手回来，拖着一身的疲倦。我怅惘，我懊丧，我失去了勇气，我觉得乏力。为了这得不到的快乐，我是恹恹欲病了，这时候有一个声音拂过我的耳际，像是一种安慰：

“我在这里招待你，当你空手回来的时候。”

“你是谁？”

“寂寞。”

“我还有余勇追赶另一只快乐呢！”我倔强地回答。

我可是没有追赶新的快乐。为了打发我的时间，我埋头在一些回忆上面。如同植物标本的采集者，把无名的花朵采集起来，把它压干，保存在几张薄纸中间，我采撷往事的花朵，把它保存在记忆里面。“回忆中的生活是愉快的。”我说，“我有旧的回忆代替新的快乐。”不幸，当我认真去回忆，这些回忆又都是些不可捉摸的东西。犹如水面的波纹，一漾即灭。又如镜里的花影，待你伸手去捡拾，它的影子便被遮断消失，而你只有一只空手接触在冰冷的玻璃面上。我又失败了。“没有记忆的日子，像一本没有故事的书！”我感到空虚，是近乎一种失望。于是复有个关切的声音向我嘤然细语：

“我在这里陪伴你，当你失去回忆的时候。”

“谁的声音？”我心中起了感谢。

“寂寞。”

我没有接近它，因为我另有念头。

我有另一个念头。我不再追赶快乐，不再搜寻记忆，我想捞获些别的人世的东西。像一个劳拙的蜘蛛，在昏晓中织起捕虫的网，我也织网了。我用感情的黏丝，织成了一个友谊的网，用来捞捉一点人世的温存。想不到给我捞住的却是意外的冷落。无由的风雨复吹破了我的经营，教我无从补缀。像风雨中的蜘蛛，我蜷伏在灰心的檐下，望着被毁的一番心机，味到一种悲凉，这又是空劳了，我和我的网！

“请接受我的安慰吧，在你空劳之后。”

这是寂寞的声音。

我仍然有几分傲岸，我没有接受它的好意。

岁月使我的年龄和责任同时长大，我长大了去四方奔走，为要寻找黄金和幸福。不，我是寻找自由和职业。我离开温暖的屋顶下，去暴露在道途上。我在路上度过许多寒暑。我孤单地登上旅途，孤单地行路，孤单地栖迟，没有一个人做伴。世上，尽有的是行人，同路的却这般稀少！夏之晨，冬之夕，我受等待和焦盼的煎熬。我希望能有人陪伴我，和我抵掌长谈，把我的劳神和辛苦告诉他，把我的希望和志愿告诉他，让我听取他的意见，他的批评……但是无人陪伴我，于是，寂寞又来接近我说：

“请接受我的陪伴。”

如同欢迎一个老友，我伸手给它，我开始和寂寞相习了。

我和寂寞相安了。沉浮的人世中我有时也会疏离寂寞。寂寞却永远陪伴我，守护我，我不自知。几天前，我走进一间房间。这房里曾住着我的友人。我是习惯了顺手推门进去的，当时并未加以注意。进去后我才意识到友人刚才离开。友人离开了，没留下辞别的话却留下一地乱纸，恍如撕碎了的记忆，这好像是情感的毁伤。我怃然望着这堆乱纸，望着裸露的卸去装饰的墙壁，和灰尘开始积集的几凳，以及扃闭着的窗户。我有着一种奇怪的期待，我心盼会有人来敲这门，叩这窗户。我希望能够听见一个剥啄的声音。忘了一句话，忘了一件东西，回来了，我将是如何喜悦！我屏息谛听，我听见自己呼吸的声音和心脏的跳动。室内外仍是一片沉寂。过度的注意使我的神经松弛无力，我坐下来，头靠在手上，“不会来了，不会来了。”我自言自语着。

“不要忘记我。”一个低沉难辨的声音。

我握上门柄，心里有一种紧张。

“我是寂寞，让我来代替离去的友人。”

“别人都离开而你来了。愿你永远陪伴我！”

啊！情感是易变的，背信的，寂寞是忠诚的不渝的。和寂寞相处的时候，我心地是多么坦白，光明！寂寞如一枚镜，在它的面前可以照见我自己，发现我自己。我可以在寂寞的围护中和自己对语，和另一个“我”对语，那真正的独白。

如今我不想离开它，我需要它做伴。我不是憎世者，一点点自私和矜持使我和寂寞接近。当我在酣热的场中，听到欢乐的乐曲，我有点多余的感伤，往往曲未终前便想离开，去寻找寂寞。音乐是银的，无声的音乐是金的。寂寞是无声的音乐。

寂寞是怎模样？我好像能够看到它，触摸到它，听见它。它好像是没有光波的颜色，没有热的温度，和没有声浪的声音。它接近你，包围你，如水之包围鱼，使你的灵魂得在它的氛围中游泳，安息。

生命的三分之一

邓拓

一个人的生命究竟有多大意义，这有什么标准可以衡量吗？提出一个绝对的标准当然很困难；但是，大体上看一个人对待生命的态度是否严肃认真，看他对待劳动、工作等的态度如何，也就不难对这个人的存在意义做出适当的估计了。

古来一切有成就的人，都很严肃地对待自己的生命，当他活着一天，总要尽量多劳动、多工作、多学习，不肯虚度年华，不让时间白白浪费掉。我国历史上的劳动人民以及大政治家、大思想家等都莫不如此。

班固写的《汉书·食货志》上有下面的记载："冬，民既入；妇人同巷，相从夜绩，女工一月得四十五日。"

这几句读起来很奇怪，怎么一月能有四十五天呢？再看原文底下颜师古做了注解，他说："一月之中，又得夜半为十五日，共四十五日。"

这就很清楚了。原来我国的古人不但比西方各国的人更早地懂得科学地、合理地计算劳动日；而且我们的古人老早就知道对于日班和夜班的计算方法。

一个月本来只有三十天，古人把每个夜晚的时间算作半日，就多了十五天。从这个意义上说来，夜晚的时间实际上不就等于生命的三分之一吗？

对于这三分之一的生命，不但历代的劳动人民如此重视，而且有许多大政治家也十分重视。班固在《汉书・刑法志》里还写道：

“秦始皇躬操文墨，昼断狱，夜理书。”

有的人一听说秦始皇就不喜欢他，其实秦始皇毕竟是中国历史上的一个伟大人物，班固对他也还有一些公平的评价。这里写的是秦始皇在夜间看书学习的情形。

据刘向的《说苑》所载，春秋战国时有许多国君都很注意学习。如：

“晋平公问于师旷曰：吾年七十，欲学恐已暮矣。师旷曰：何不炳烛乎？”

在这里，师旷劝七十岁的晋平公点灯夜读，拼命抢时间，争取这三分之一的生命不至于继续浪费，这种精神多么可贵啊！

《北史・吕思礼传》记述这个北周大政治家生平勤学的情形是：

“虽务兼军国，而手不释卷。昼理政事，夜即读书，令苍头执烛，烛烬夜有数升。”

光是烛灰一夜就有几升之多，可见他夜读何等勤奋了。像这样的例子还有很多。

为什么古人对于夜晚的时间都这样重视，不肯轻轻放过呢？我认为这就是他们对待自己生命的三分之一的严肃认真态度，这正是我们所应该学习的。

我之所以想利用夜晚的时间，向读者同志们做这样的谈话，目的也不过是要引起大家注意珍惜这三分之一的生命，使大家在整天的劳动、工作以后，以轻松的心情，领略一些古今有用的知识而已。

事事关心

邓拓

风声、雨声、读书声，声声入耳；

家事、国事、天下事，事事关心。

这是明代东林党首领顾宪成撰写的一副对联。时间已经过去了三百六十多年，到现在，当人们走进江苏无锡“东林书院”旧址的时候，还可以寻见这副对联的遗迹。

为什么忽然想起这副对联呢？因为有几位朋友在谈话中，认为古人读书似乎都没有什么政治目的，都是为读书而读书，都是读死书的。为了证明这种认识不合事实，才提起了这副对联。而且，这副对联知道的人很少，颇有介绍的必要。

上联的意思是讲书院的环境便于人们专心读书。这十一个字很生动地描写了自然界的风雨声和人们的读书声交织在一起的情景，令人仿佛置身于当年的东林书院中，耳朵里好像真的听见了一片朗诵和讲学的声音，与天籁齐鸣。

下联的意思是讲在书院中读书的人都要关心政治。这十一个字充分地表明了当时的东林党人在政治上的抱负。他们主张不能只关心自己的家事，还要关心国家的大事和全世界的事情。那个时候的人已经知道天下不只是一个中国，还有许多别的国家。所以，他们把天下事与国事并提。可见这是指的世界大事，而不限于本国的事情了。

把上下联贯串起来看，它的意思更加明显，就是说一面要致力读书，一面要关心政治，两方面要紧密结合。而且，上联的风声、雨声也可以理解为语带双关，即兼指自然界的风雨和政治上的风雨而言。因此，这副对联的意义实在是相当深长的。

从我们现在的眼光看上去，东林党人读书和讲学，显然有他们的政治目的。尽管由于历史条件的限制，他们当时还是站在封建阶级的立场上，为维护封建制度而进行政治斗争。但是，他们比起那一班读死书的和追求功名利禄的人，总算进步得多了。

当然，以顾宪成和高攀龙等人为代表的东林党人，当时只知道用“君子”和“小人”去区别政治上的正邪两派。顾宪成说：“当京官不忠心事主，当地方官不留心民生，隐居乡里不讲求正义，不配称君子。”在顾宪成死后，高攀龙接着主持东林讲席，也是继续以“君子”与“小人”去品评当时的人物，议论万历、天启年间的时政。他们的思想，从根本上说，并没有超出宋儒理学，特别是程、朱学说的范围，这也是可以理解的。因为顾宪成讲学的东林书院，本来是宋儒杨龟山创立的书院。杨龟山是程颢、程颐两兄弟的门徒，是“二程之学”的正宗嫡传。朱熹等人则是杨龟山的弟子。顾宪成重修东林书院的时候，很清楚地宣布，他是讲程朱学说的，也就是继承杨龟山的衣钵的。人们如果要想从他的身上找到反封建的革命因素，那恐怕是不可能的。

我们决不需要恢复所谓东林遗风，就让它永远成为古老的历史陈迹去吧。我们只要懂得努力读书和关心政治，这两方面紧密结合的道理就够了。

片面地只强调读书，而不关心政治；或者片面地只强调政治，而不努力读书，都是极端错误的。不读书而空谈政治的人，只是空头的政治家，决不是真正的政治家。真正的政治家没有不努力读书的。完全不读书的政治家是不可思议的。同样，不问政治而死读书本的人，那是无用的书呆子，决不是真正有学问的学者。真正有学问的学者决不能不关心政治。完全不懂政治的学者，无论如何他的学问是不完全的。就这一点说来，所谓“事事关心”实际上也包含着对一切知识都要努力学习的意思在内。

既要努力读书，又要关心政治，这是愈来愈明白的道理。古人尚且知道这种道理，宣扬这种道理，难道我们还不如古人，还不懂得这种道理吗？无论如何，我们应该比古人懂得更充分，更深刻，更透彻！

荔枝蜜

杨朔

花鸟草虫，凡是上得画的，那原物往往也叫人喜爱。蜜蜂是画家的爱物，我却总不大喜欢。说起来可笑。孩子时候，有一回上树掐海棠花，不想叫蜜蜂蜇了一下，痛得我差点儿跌下来。大人告诉我说：蜜蜂轻易不蜇人，准是误以为你要伤害它，才蜇。一蜇，它自已耗尽生命，也活不久了。我听了，觉得那蜜蜂可怜，原谅它了。可是从此以后，每逢看见蜜蜂，感情上疙疙瘩瘩的，总不怎么舒服。

今年四月，我到广东从化温泉小住了几天。四围是山，怀里抱着一潭春水，那又浓又翠的景色，简直是一幅青绿山水画。刚去的当晚，是个阴天，偶尔倚着楼窗一望：奇怪啊，怎么楼前凭空涌起那么多黑黝黝的小山，一重一重的，起伏不断。记得楼前是一片比较平坦的园林，不是山。这到底是什么幻景呢？赶到天明一看，忍不住笑了。原来是满野的荔枝树，一棵连一棵，每棵的叶子都密得不透缝，黑夜看去，可不就像小山似的。

荔枝也许是世上最鲜最美的水果。苏东坡写过这样的诗句："日啖荔枝三百颗，不辞长作岭南人"，可见荔枝的妙处。偏偏我来得不是时候，满树刚开着浅黄色的小花，并不出众。新发的嫩叶，颜色淡红，比花倒还中看些。从开花到果子成熟。大约得三个月，看来我是等不及在从化温泉吃鲜荔枝了。

吃鲜荔枝蜜，倒是时候。有人也许没听说这稀罕物儿吧？从化的荔枝树多得像汪洋大海，开花时节，满野嘤嘤嗡嗡，忙得那蜜蜂忘记早晚，有时趁着月色还采花酿蜜。荔枝蜜的特点是成色纯，养分大。住在温泉的人多半喜欢吃这种蜜，滋养精神。热心肠的同志为我也弄到两瓶。一开瓶子塞儿，就是那么一股甜香；调上半杯一喝，甜香里带着股清气，很有点鲜荔枝味儿。喝着这样的好蜜，你会觉得生活都是甜的呢。

我不觉动了情，想去看看自己一向不大喜欢的蜜蜂。

荔枝林深处，隐隐露出一角白屋，那是温泉公社的养蜂场，却起了个有趣的名儿，叫"蜜蜂大厦"。正当十分春色，花开得正闹。一走进"大厦"，只见成群结队的蜜蜂出出进进，飞去飞来，那沸沸扬扬的情景，会使你想：说不定蜜蜂也在赶着建设什么新生活呢。

养蜂员老梁领我走进“大厦”。叫他老梁，其实是个青年人，举动很精细。大概是老梁想叫我深入一下蜜蜂的生活，小小心心揭开一个木头蜂箱，箱里隔着一排板，每块板上满是蜜蜂，蠕蠕地爬着。蜂王是黑褐色的，身量特别细长，每只蜜蜂都愿意用采来的花精供养它。

老梁叹息似的轻轻说：“你瞧这群小东西，多听话。”

我就问道：“像这样一窝蜂，一年能割多少蜜？”

老梁说：“能割几十斤。蜜蜂这物件，最爱劳动。广东天气好，花又多，蜜蜂一年四季都不闲着。酿的蜜多，自己吃的可有限。每回割蜜，给它们留一点点糖，够它们吃的就行了。它们从来不争，也不计较什么，还是继续劳动、继续酿蜜，整日整月不辞辛苦……”

我又问道：“这样好蜜，不怕什么东西来糟害么？”

老梁说：“怎么不怕？你得提防虫子爬进来，还得提防大黄蜂。大黄蜂这贼最恶，常常落在蜜蜂窝洞口。专干坏事。”

我不觉笑道：“噢！自然界也有侵略者。该怎么对付大黄蜂呢？”

老梁说：“赶！赶不走就打死它。要让它待在那儿，会咬死蜜蜂的。”

我想起一个问题，就问：“可是呢，一只蜜蜂能活多久？”

老梁回答说：“蜂王可以活三年，一只工蜂最多能活六个月。”

我说：“原来寿命这样短。你不是总得往蜂房外边打扫死蜜蜂么？”

老梁摇一摇头说：“从来不用。蜜蜂是很懂事的，活到限数，自己就悄悄死在外边，再也不回来了。”

我的心不禁一颤：多可爱的小生灵啊，对人无所求，给人的却是极好的东西。蜜蜂是在酿蜜，又是在酿造生活；不是为自己，而是在为人类酿造最甜的生活。蜜蜂是渺小的；蜜蜂却又多么高尚啊！

透过荔枝树林，我沉吟地望着远远的田野，那儿正有农民立在水田里，辛辛勤勤地分秧插秧。他们正用劳力建设自己的生活，实际也是在酿蜜——为自己，为别人，也为后世子孙酿造着生活的蜜。

这黑夜，我做了个奇怪的梦，梦见自己变成一只小蜜蜂。

阳关雪

余秋雨

中国古代，一为文人，便无足观。文官之显赫，在官而不在文，他们作为文人的一面，在官场也是无足观的。但是事情又很怪异，当峨冠博带早已零落成泥之后，一杆竹管毛笔偶尔涂画的诗文，竟能镌刻山河，雕镂人心，永不漫漶。

我曾有缘，在黄昏的江船上仰望过白帝城，顶着浓冽的秋霜登临过黄鹤楼，还在一个冬夜摸到了寒山寺。我的周围，人头济济，差不多绝大多数人的心头，都回荡着那几首不必引述的诗。人们来寻景，更来寻诗。这些诗，他们在孩提时代就能背诵。孩子们的想象，诚恳而逼真。因此，这些城，这些楼，这些寺，早在心头自行搭建。待到年长，当他们刚刚意识到有足够脚力的时候，也就给自己负上了一笔沉重的宿债，焦渴地企盼着对诗境实地的踏访。为童年，为历史，为许多无法言传的原因。有时候，这种焦渴，简直就像对失落的故乡的寻找，对离散的亲人的查访。

文人的魔力，竟能把偌大一个世界的生僻角落，变成人人心中的故乡。他们褪色的青衫里，究竟藏着什么法术呢？

今天，我冲着王维的那首《渭城曲》，去寻阳关了。出发前曾在下榻的县城向老者打听，回答是：“路又远，也没什么好看的，倒是有一些文人辛辛苦苦找去。”老者抬头看天，又说：“这雪一时下不停，别去受这个苦了。”我向他鞠了一躬，转身钻进雪里。

一走出小小的县城，便是沙漠。除了茫茫一片雪白，什么也没有，连一个皱褶也找不到。在别地赶路，总要每一段为自己找一个目标，盯着一棵树，赶过去，然后再盯着一块石头，赶过去。在这里，睁疼了眼也看不见一个目标，哪怕是一片枯叶，一个黑点。于是，只好抬起头来看天。从未见过这样完整的天，一点也没有被吞食，边沿全是挺展展的，紧扎扎地把大地罩了个严实。有这样的地，天才叫天。有这样的天，地才叫地。在这样的天地中独个儿行走，侏儒也变成了巨人。在这样的天地中独个儿行走，巨人也变成了侏儒。

天竟晴了，风也停了，阳光很好。没想到沙漠中的雪化得这样快，才片刻，地上已见斑斑沙底，却不见湿痕。天边渐渐飘出几缕烟迹，并不动，却在加深，疑惑半晌，才发现，那是刚刚化雪的山脊。

地上的凹凸已成了一种令人惊骇的铺陈，只可能有一种理解：那全是远年的坟堆。

这里离县城已经很远，不大会成为城里人的丧葬之地。这些坟堆被风雪所蚀，因年岁而坍，枯瘦萧条，显然从未有人祭扫。它们为什么会有那么多，排列得又是那么密呢？只可能有一种理解：这里是古战场。

我在望不到边际的坟堆中茫然前行，心中浮现出艾略特的《荒原》。这里正是中华历史的荒原：如雨的马蹄，如雷的呐喊，如注的热血。中原慈母的白发，江南春闺的遥望，湖湘稚儿的夜哭。故乡柳荫下的诀别，将军圆睁的怒目，猎猎于朔风中的军旗。随着一阵烟尘，又一阵烟尘，都飘散远去。我相信，死者临亡时都是面向朔北敌阵的；我相信，他们又很想在最后一刻回过头来，给熟悉的土地投注一个目光。于是，他们扭曲地倒下了，化作沙堆一座。

这繁星般的沙堆，不知有没有换来史官们的半行墨迹？史官们把卷帙一片片翻过，于是，这块土地也有了一层层的沉埋。堆积如山的二十五史，写在这个荒原上的篇页还算是比较光彩的，因为这儿毕竟是历代王国的边远地带，长久担负着保卫华夏疆域的使命。所以，这些沙堆还站立得较为自在，这些篇页也还能哗哗作响。就像干寒单调的土地一样，出现在西北边陲的历史命题也比较单纯。在中原内地就不同了，山重水复、花草掩荫，岁月的迷宫会让最清醒的头脑涨得发昏，晨钟暮鼓的音响总是那样的诡秘和乖戾。那儿，没有这么大大咧咧铺张开的沙堆，一切都在重重美景中发闷，无数不知为何而死的怨魂，只能悲愤懊丧地深潜地底。不像这儿，能够袒露出一帙风干的青史，让我用二十世纪的脚步去匆匆抚摩。

远处已有树影。急步赶去，树下有水流，沙地也有了高低坡斜。登上一个坡，猛一抬头，看见不远的山峰上有荒落的土墩一座，我凭直觉确信，这便是阳关了。

树愈来愈多，开始有房舍出现。这是对的，重要关隘所在，屯扎兵马之地，不能没有这一些。转几个弯，再直上一道沙坡，爬到土墩底下，四处寻找，近旁正有一碑，上刻“阳关古址”四字。

这是一个俯瞰四野的制高点。西北风浩荡万里，直扑而来，踉跄几步，方才站住。脚是站住了，却分明听到自己牙齿打战的声音，鼻子一定是立即冻红了的。呵一口热气到手掌，捂住双耳用力蹦跳几下，才定下心来睁眼。这儿的雪没有化，当然不会化。所谓古址，已经没有什么故迹，只有近处的烽火台还在，这就是刚才在下面看到的土墩。土墩已坍了大半，可以看见一层层泥沙，一层层苇草，苇草飘扬出来，在千年之后的寒风中抖动。眼下是西北的群山，都积着雪，层层叠叠，直伸天际。任何站立在这儿的人，都会感觉到自己是站在大海边的礁石上，那些山，全是冰海冻浪。

王维实在是温厚到了极点。对于这么一个阳关，他的笔底仍然不露凌厉惊骇之色，而只是缠绵淡雅地写道："劝君更尽一杯酒，西出阳关无故人。"他瞟了一眼渭城客舍窗外青青的柳色，看了看友人已打点好的行囊，微笑着举起了酒壶。再来一杯吧，阳关之外，就找不到可以这样对饮畅谈的老朋友了。这杯酒，友人一定是毫不推却，一饮而尽的。

这便是唐人风范。他们多半不会洒泪悲叹，执袂劝阻。他们的目光放得很远，他们的人生道路铺展得很广。告别是经常的，步履是放达的。这种风范，在李白、高适、岑参那里，焕发得越加豪迈。在南北各地的古代造像中，唐人造像一看便可识认，形体那么健美，目光那么平静，神采那么自信。在欧洲看蒙娜丽莎的微笑，你立即就能感受，这种恬然的自信只属于那些真正从中世纪的梦魇中苏醒、对前途挺有把握的艺术家们。唐人造像中的微笑，只会更沉着、更安详。在欧洲，这些艺术家们翻天覆地地闹腾了好一阵子，固执地要把微笑输送进历史的魂魄。谁都能计算，他们的事情发生在唐代之后多少年。而唐代，却没有把它的属于艺术家的自信延续久远。阳关的风雪，竟越见凄迷。

王维诗画皆称一绝，莱辛等西方哲人反复讨论过的诗与画的界线，在他是可以随脚出入的。但是，长安的宫殿，只为艺术家们开了一个狭小的边门，允许他们以卑怯侍从的身份躬身而入，去制造一点娱乐。历史老人凛然肃然，扭过头去，颤巍巍地重又迈向三皇五帝的宗谱。这里，不需要艺术闹出太大的局面，不需要对美有太深的寄托。

于是，九州的画风随之黯然。阳关，再也难于享用温醇的诗句。西出阳关的文人还是有的，只是大多成了谪官逐臣。

即便是土墩、是石城，也受不住这么多叹息的吹拂，阳关坍弛了，坍弛在一个民族的精神疆域中。它终成废墟，终成荒原。身后，沙坟如潮，身前，寒峰如浪。谁也不能想象，这儿，一千多年之前，曾经验证过人生的壮美，艺术情怀的弘广。

这儿应该有几声胡笳和羌笛的，音色极美，与自然融合，夺人心魄。可惜它们后来都成了兵士们心头的哀音。既然一个民族都不忍听闻，它们也就消失在朔风之中。

回去吧，时间已经不早。怕还要下雪。

提醒幸福

毕淑敏

我们从小就习惯了在提醒中过日子。天气刚有一丝风吹草动，妈妈就说，别忘了多穿衣服。才相识了一个朋友，爸爸就说，小心他是个骗子。你取得了一点成功，还没容得乐出声来，所有关切着你的人一起说，别骄傲！你沉浸在欢快中的时候，自己不停地对自己说：千万不可太高兴，苦难也许马上就要降临……

我们已经习惯于提醒，提醒的后缀词总是灾祸，灾祸似乎成了提醒的专利，把提醒染得充满了淡淡的贬义。

我们已经习惯了在提醒中过日子。看得见的恐惧和看不见的恐惧始终像乌鸦盘旋在头顶。

在皓月当空的良宵，提醒会走出来对你说：注意风暴。于是我们忽略了皎洁的月光，急急忙忙做好风暴来临的一切准备。当我们大睁着眼睛枕戈待旦之时，风暴却像迟归的羊群，不知在哪里徘徊。当我们实在忍受不了等待灾难的煎熬时，我们甚至会恶意地祈盼风暴早些到来。

在许多个夜晚，风暴始终没有降临。我们辜负了冰冷如银的月光。

风暴终于姗姗地来了。我们怅然发现，所做的准备多半是没有用的。事先能够抵御的风险毕竟有限，世上无法预计的灾难却是无限的，战胜灾难靠的更多的是临门一脚，先前的惴惴不安帮不上忙。

当风暴的尾巴终于远去，我们守住零乱的家园。气还没有喘匀，新的提醒又智慧地响起来，我们又开始对未来充满恐惧的期待。

人生总是有灾难。其实大多数人早已练就了对灾难的从容，我们只是还没有学会灾难间隙的快活。我们太多注重了自己警觉苦难，我们太忽视提醒幸福。

请从此注意幸福！

幸福也需要提醒吗？

提醒注意跌倒……提醒注意路滑……提醒受骗上当……提醒荣辱不惊……先哲们提醒了我们一万零一次，却不提醒我们幸福。

也许他们认为幸福不提醒也跑不了的。也许他们以为好的东西你自会珍惜，犯不上谆谆告诫。也许他们太崇尚血与火，觉得幸福无足挂齿。他们总是站在危崖上，指点我们逃离未来的苦难。

但避去苦难之后的时间是什么？

那就是幸福啊！

享受幸福是需要学习的，当幸福即将来临的时刻需要提醒。人可以自然而然地学会感官的享乐，人却无法天生地掌握幸福的韵律。灵魂的快意同器官的舒适像一对孪生兄弟，时而相傍相依，时而南辕北辙。

幸福是一种心灵的震颤。它像会倾听音乐的耳朵一样，需要不断地训练。

简言之，幸福就是没有痛苦的时刻。它出现的频率并不像我们想象的那样少。人们常常只是在幸福的金马车已经驶过去很远，拣起地上的金鬃毛说，原来我见过它。

人们喜爱回味幸福的标本，却忽略幸福披着露水散发清香的时刻。那时候我们往往步履匆匆，瞻前顾后不知在忙着什么。

世上有预报台风的，有预报蝗虫的，有预报瘟疫的，有预报地震的。没有人预报幸福。

其实幸福和世界万物一样，有它的征兆。

幸福常常是朦胧地、很有节制地向我们喷洒甘霖，你不要总希冀轰轰烈烈的幸福，它多半只是悄悄地扑面而来。你也不要企图把水龙头拧得更大，使幸福很快地流失。而需静静地以平和之心，体验幸福的真谛。

幸福绝大多数是朴素的。它不会像信号弹似的，在很高的天际闪烁红色的光芒。它披着本色的外衣，亲切温暖地包裹起我们。

幸福不喜欢喧嚣浮华，常常在暗淡中降临，贫困中相濡以沫的一块糕饼，患难中心心相印的一个眼神，父亲一次粗糙的抚摸，女友一个温馨的字条……这都是千金难买的幸福啊。像一粒粒缀在旧绸子上的红宝石，在凄凉中愈发熠熠夺目。

幸福有时会同我们开一个玩笑，乔装打扮而来。机遇、友情、成功、团圆……它们都酷似幸福，但它们并不等同于幸福。幸福会借了它们的衣裙，袅袅婷婷而来，走得近了，揭去帷幔，才发觉它有钢铁般的内核。幸福有时会很短暂，不像苦难似的笼罩天空。如果把人生的苦难和幸福分置天平两端，苦难体积庞大，幸福可能只是一块小小的矿石。但指针一定要向幸福这一侧倾斜，因为它有生命的黄金。

幸福有梯形的切面，它可以扩大也可以缩小，就看你是否珍惜。

我们要提高对于幸福的警惕，当它到来的时刻，激情地享受每一分钟。据科学家研究，有意注意的结果比无意要好得多。

当春天的时候，我们要对自己说，这是春天啦！心里就会泛起茸茸的绿意。

幸福的时候，我们要对自己说，请记住这一刻！幸福就会长久地伴随我们。

那我们岂不是拥有了更多的幸福！

所以，丰收的季节，先不要去想可能的灾年，我们还有漫长的冬季来得及考虑这件事。我们要和朋友们跳舞唱歌，渲染喜悦。既然种子已经回报了汗水，我们就有权沉浸幸福。不要管以后的风霜雨雪，让我们先把麦子磨成面粉，烘一个香喷喷的面包。

所以，我们从天涯海角相聚在一起的时候，请不要踌躇片刻后的别离。在今后漫长的岁月里，有无数孤寂的夜晚可以独自品尝愁绪。现在的每一分钟，都让它像纯净的酒精，燃烧成幸福的淡蓝色火焰，不留一丝渣滓。让我们一起举杯，说：我们幸福。

所以，当我们守候在年迈的父母膝下时，哪怕他们鬓发苍苍，哪怕他们垂垂老矣，你都要有勇气对自己说：我有幸福。因为天地无常，总有一天你会失去他们，会无限追悔此刻的时光。

幸福并不与财富地位声望婚姻同步，它只是你心灵的感觉。

所以，当我们一无所有的时候，我们也能够说，我很幸福。因为我们还有健康的身体。当我们不再享有健康的时候，那些最勇敢的人可以依然微笑着说：我很幸福。因为我还有一颗健康的心。甚至当我们连心都不再存在的时候，那些人类最优秀的分子仍旧可以对宇宙大声说：我很幸福。因为我曾经生活过。

常常提醒自己注意幸福，就像在寒冷的日子里经常看看太阳，心就不知不觉暖洋洋亮光光。

生命：爱是源泉

一个追忆

夏丏尊

这是四五年前的事。

钱塘江心忽然长起了一条长长的土埂，有三四里路阔，把江面划分为二。杭州与西兴之间，往来的人要摆两次渡，先渡到土埂，再走三四里路，或坐三四里路的黄包车，到土埂尽头，再上渡船到彼岸去。这情形继续了大半年，据说是百年来从未有过的奇观。

不会忘记：那是废历九月十八的一天，我从白马湖到上海来，因为杭州方面有点事情，就不走宁波，打杭州转。在曹娥到西兴的长途中，有许多人谈起钱塘江中的土埂，什么“世界两样了，西湖搬进了城里，钱塘江有了两条了”咧，“据说长毛以前，江里也起过块，不过没有这样长久，怪不得现在世界又不太平”咧，我已有许久不渡钱塘江了。只是有趣味地听着。

到西兴江边已下午四时光景，果然望见江心有土埂突出在那里，还有许多行人和黄包车在跑动。下渡船后，忽然记得今天是九月十八，依照从前八月十八看潮的经验，下午四五时之间是有潮的。“如果不凑巧，在土埂上行走着的当儿碰见潮来，将怎样呢？”不觉暗自担心起来。旅客之中也有几个人提起潮的，大家相约：“看情形再说，如果潮要来了，就不上土埂，停在渡船里，待潮过了再走。”

渡船到土埂时，几十个黄包车夫来兜生意，说“潮快来了，快坐车子去！”大部分的旅客都跳上了岸，方才相约慢走的几位也一个个地管自乘车去了。渡船中除我以外，只剩了二三个人。四五部黄包车向我们总攻击，他们打着萧山话，有的说“拉到渡船头尚来得及”，有的说“这几天即使有潮也是小小的。我们日日在这里，难道不晓得？”我和留着的几位结果也都身不由主地上了黄包车。

坐在黄包车上担心着遇见潮，恨不得快到前方的渡头。哪里知道拉到一半路程的时候，前方的渡船已把跳板抽起要开行了。江心的设渡是临时的，只有渡船没有趸船。前方已没有船可乘，四边有人喊“潮要到了！”没有坐人的黄包车都在远远地向浅滩逃奔，土埂上只剩了我们三四部有人的车子，结果只有向后转，回到方才来的原渡船去。幸而那只渡船载着从杭州到西兴去的旅客，还未开行。

四围寂无人声，隆隆的潮声已听到了。车夫一面飞奔，一面喊“救命！”我们也喊“救命！”“放下跳板来！”

逃上跳板的时候，潮头已望得见。船上的旅客们把跳板再放下一块，拼得阔阔的，协力将黄包车也拉了上来。潮头就到船下了，潮意外的大，船一高一低地颠簸得很凶，可是我在这瞬间却忘了波涛的险恶，深深地感到生命的欢喜和人间的同情。

潮过以后，船开到西兴去，我们这几个人好像学校落第生似的再从西兴重新渡到杭州。天已快晚，隐约中望得见隔江的灯火。潮水把土埂涨没，钱塘江已化零为整，船可直驶杭州渡头，不必再在江心坐黄包车了。船行到江心土埂的时候，我们患难之交中有一位走到船头，把篙子插到水里去看有多少深，居然一篙子还不到底。

“险啊！如果浸在潮里，我们现在不知怎样了！”他放好篙子说，把舌头伸出得长长的。

“想不得了，还是不去想他好。”一个患难之交说。

我觉得他们的话都有道理。

阮玲玉的死

夏丏尊

电影女伶阮玲玉的死，叫大众非常轰动。这一星期以来，报纸上连续用大幅记载着她的事，街谈巷语都以她为话题。据说跑到殡仪馆去瞻观遗体的有几万人，其中有些人是特从远地赶来的。出殡的时候沿途有几万人看。甚至还有两个女子因她的死而自杀。轰动的范围之广为从来所未有。她死后的荣哀，老实说，超过于任何阔人，任何名流。至于那些死后要大发讣闻号召吊客，出殡时要靠许多叫化子来绷场面的大丧事，更谈不上了。

一个电影女伶的死竟会如此轰动大众，这原因说起来原不简单。第一，她的死是自杀的，自杀比生病死自然更易动人；第二，她的死是为了恋爱的纠纷，桃色事件照例是容易引起大众的注意的；第三，她是一个电影伶人，大众虽和她无往来，但在银幕上对她有相当的认识，抱有相当的好感。这三种原因合在一起，遂使她的死如此轰动大众。

如果把这三种原因分析比较起来，我以为第三个原因是主要的，第一第二并不是主要的原因。现今社会上自杀的人差不多日日都有，桃色事件更不计其数，因桃色事件而自杀的男女也不知有多少，何以不曾如此轰动大众呢？阮玲玉的死所以如此使大众轰动，主要原因就在大众对她有认识，有好感，换句话说，她十年来体会大众的心理，在某程度上是曾能满足大众要求的。同是电影女伶，同是自杀的，一年以前有过的一个艾霞，社会人士虽也曾为之惋惜，却没有如此轰动，那是因她上银幕未久，作品不多，工力尚未能深入人心的缘故。

不论音乐绘画文学或是什么，凡是真正的艺术，照理都该以大众为对象，努力和大众发生交涉的。艺术家的任务就在用了他的天分体会大众的心情，用了他的技巧满足大众的要求。好的艺术家必和大众接近，同时为大众所认识，所爱戴。普式庚①出殡时啜泣而送的有几万人；陀思妥夫斯基②的

① 普式庚：现通译为普希金。亚历山大·谢尔盖耶维奇·普希金（1799—1837），俄罗斯著名文学家、诗人、小说家，现代俄国文学的创始人，19世纪俄罗斯浪漫主义文学主要代表，同时也是现实主义文学的奠基人，现代标准俄语的创始人，被誉为“俄罗斯文学之父”“俄罗斯诗歌的太阳”“青铜骑士”。代表作有《自由颂》《致恰达耶夫》《致大海》等。1837年死于与情敌的决斗。

② 陀思妥夫斯基：现通译为陀思妥耶夫斯基。费奥多尔·米哈伊洛维奇·陀思妥耶夫斯基（1821—1881），俄国作家。代表作有《被侮辱和被损害的》《罪与罚》《白痴》《群魔》《卡拉马佐夫兄弟》。1881年死于脑血管破裂。

死，许多人为之号哭；农民画家米莱[①] 的行事和作品到今还在多数人心里活着不死。他们一向不忘记大众，一切作为都把大众放在心目中，所以大众也不忘记他，把他们放在心目中。这情形原不但艺术上如此，政治上、道德上、事业上、学问上都一样。凡是心目中没有大众的，任凭他议论怎样巧，地位怎样高，声势怎样盛，大众也不会把他放在心目中。

现在单就艺术来说，在各种艺术之中，最易有和大众接触的机会的要算戏剧和文学。戏剧天然有许多观众，文学靠了印刷的传布，随时随地可得到读者。

同是戏剧，电影比一向的京剧、昆剧接近大众得多。这只要看京剧、昆剧已观客渐少而电影院到处林立的现象，就可知道。在今日，旧剧的名伶——假定是梅兰芳氏吧，有一天如果死了，死因无论怎样，轰动大众的程度，决不及这次的阮玲玉，这是可预言的。电影伶人卓别麟[②] 将来死时，必将大大地有一番轰动，这也是可预言的。因为电影在性质上比

① 米莱：现通译为米勒。让·弗朗索瓦·米勒（1814—1875），19世纪法国最杰出的以表现农民题材而著称的现实主义画家、法国巴比松派画家。其作品以描绘农民的劳动和生活为主，代表作有《播种者》《牧羊少女》《拾穗者》《晚钟》等。

② 卓别麟：现通译为卓别林。查理·卓别林（1889—1977），英国著名影视演员、导演、编剧，幽默表演大师。代表作有《淘金记》《城市之光》《摩登时代》《大独裁者》等。

歌剧接近着大众，它的艺术材料及演出方法，在对大众接触一点上有着种种旧剧所没有的便利。阮玲玉的表演技术原不能说已了不得，已好到了绝顶，她在电影上的工力和从来名伶在旧剧上的工力，两相比较起来，也许不及。她的所以能因了相当的成就，收得较大的效果，可以说因为她是电影伶人的缘故。如果她以同样的工力投身在旧剧中，也许只是一个平常的女伶而已。这完全是艺术材料和方法进步不进步的关系。

同样的情形也可应用到文学上。文学是用文字做的艺术，它的和大众接近，本来就没有像电影的容易。电影只要有眼睛的就能看，文学却须以识得懂得文字为条件，文学对于文盲，其无交涉等于电影之对于瞎子。国内瞎子不多，文盲却自古以来占着大多数，到现在还是占着大多数。文学在中国根本是和大众绝缘的东西。救济的方法，一方面固然须普及教育，扫除文盲，一方面还得像旧剧改进到电影的样子，把文学的艺术材料和演出方法改进，使容易和大众接近，世间各种新文学运动，用意不外乎此。新文学运动离成功尚远，并且还有各种各样的阻力在加以障碍，例如到现在还居然有人主张作古文读经。中国自古有过许多杰出的文人，现在也有不少好的文人，可是大众之中认识他们，爱戴他们的人有多少呢？长此下去，中国文人心目中没有大众的不必说了，即使心目中想有大众，也无法有大众吧。中国文人死的时候，像阮玲玉似的能使大众轰动的，过去固然不曾有过，最近的将来也决不会有吧。这是可使我们做文人的愧杀的。

生命

沈从文

我好像为什么事情很悲哀，我想起“生命”。

每个活人都像是有一个生命，生命是什么，居多人是不曾想起的，就是“生活”也不常想起。我说的是离开自己生活来检视自己生活这样事情，活人中就很少这么做，因为这么做不是一个哲人，便是一个傻子了。“哲人”不是生物中的人的本性，与生物本性那点兽性离得太远了，数目稀少正见出自然的巧妙与庄严。因为自然需要的是人不离动物，方能传种。虽有苦乐，多由生活小小得失而来，也可望从小小得失得到补偿与调整。一个人若尽向抽象追究，结果纵不至于违反自然，亦不可免疏忽自然，观念将痛苦自己，混乱社会。因为追究生命意义时，即不可免与一切习惯秩序冲突。在同样情形下，这个人脑与手能相互为用，或可成为一思想家或艺术家，脑与行为能相互为用，或可成为一革命者。若不能相互为用，引起分裂现象，末了这个人就变成疯子。其实哲人或疯子，在违反生物原则，否认自然秩序上，将脑子向抽象思索，意义完全相同。

我正在发疯。为抽象而发疯。我看到一些符号，一片形，一把线，一种无声的音乐，无文字的诗歌。我看到生命一种最完整的形式，这一切都在抽象中好好存在，在事实前反而消灭。

有什么人能用绿竹做弓矢，射入云空，永不落下？我之想象，犹如长箭，向云空射去，去即不返。长箭所注，在碧蓝而明静之广大虚空。

明智者若善用其明智，即可从此云空中，读示一小文，文中有微叹与沉默，色与香，爱和怨。无著者姓名。无年月。无故事。无……然而内容极柔美。虚空静寂，读者灵魂中如有音乐。虚空明蓝，读者灵魂上却光明净洁。

大门前石板路有一个斜坡，坡上有绿树成行，长干弱枝，翠叶积叠，如翠翣，如羽葆，如旗帜。常有山灵，秀腰白齿，往来其间。遇之者即喑哑。爱能使人喑哑——一种语言歌呼之死亡。“爱与死为邻”。

然抽象的爱，亦可使人超生。爱国也需要生命，生命力充溢者方能爱国。至如阉寺性的人，实无所爱，对国家，貌作热诚，对事，马马虎虎，对人，毫无情感，对理想，异常吓怕。也娶妻生子，治学问教书，做官开会，然而精神状态上始终是个阉人。与阉人说此，当然无从了解。

夜梦极可怪。见一淡绿百合花，颈弱而花柔，花身略有斑点青渍，倚立门边微微动摇。在不可知地方好像有极熟习的声音在招呼：

“你看看好，应当有一粒星子在花中。仔细看看。”

于是伸手触之。花微抖，如有所怯。亦复微笑，如有所恃。因轻轻摇触那个花柄，花蒂，花瓣。近花处几片叶子全落了。

如闻叹息，低而分明。

……

雷雨刚过，醒来后闻远处有狗吠。吠声如豹。半迷糊中卧床上默想，觉得惆怅之至。因百合花在门边动摇，被触时微抖或微笑，事实上均不可能！

起身时因将经过记下，用半浮雕手法，如玉工处理一片玉石，琢刻割磨。完成时犹如一壁炉上小装饰。精美如瓷器，素朴如竹器。

一般人喜用教育身份来测量一个人道德程度。尤其是有关乎性的道德。事实上这方面的事情，正复难言。有些人我们应当嘲笑的，社会却常常给以尊敬，如阉寺。有些人我们应当赞美的，社会却认为罪恶，如诚实。多数人所表现的观念，照例是与真理相反的。多数人都乐于在一种虚伪中保持安全或自足心境。因此我焚了那个稿件。我并不畏惧社会，我厌恶社会，厌恶伪君子，不想将这个完美诗篇，被伪君子与无性感的女子眼目所污渎。

百合花极静。在意象中尤静。

山谷中应当有白中微带浅蓝色的百合花，弱颈长蒂，无语如语，香清而淡，躯干秀拔。花粉作黄色，小叶如翠珰。

法郎士[①]曾写一《红百合》故事，述爱欲在生命中所占地位，所有形式，以及其细微变化。我想写一《绿百合》，用形式表现意象。

① 法郎士：现通译为法朗士。阿纳托尔·法朗士（1844—1924），法国作家、文学评论家、社会活动家。代表作有《金色诗篇》《波纳尔之罪》等。1921 年，获得诺贝尔文学奖。

写给生命

席慕蓉

一

我站在月亮底下画铅笔速写。

月亮好亮，我就站在田野的中间用黑色和褐色的铅笔交替地描绘着。

最先要画下的是远处那一排参差的树影，用极重极深的黑来勾出它们浓密的枝叶。在树下是慢慢绵延过来的阡陌，田里种的是番薯，在月光下有着一种浅淡而又细致的光泽。整个天空没有一片云，只有月色和星斗。我能认出来的是猎人星座，就在我的前方，在月亮下面闪耀着，天空的颜色透明又洁净，一如这夜里整个田野的气息。

月亮好亮，在我的速写本上反映出一层柔白的光辉来，所有粗略和精密的线条都因此能看得更加清楚，我站在田里，慢慢地一笔一笔地画着，心里很安定也很安静。

家就在十几二十步之外，孩子们已经做完了功课上床睡觉了，丈夫正在他的灯下写他永远写不完的功课，而我呢？我决定我今天晚上的功课要在月亮底下做。

邻家的狗过来看一看，知道是我之后也就释然了，在周围巡视了几圈之后，干脆在我的脚旁睡了下来。我家的小狗反倒很不安，不明白我为什么不肯回家，所以它就一会儿跑回去一会儿又跑过来的，在番薯的茎叶间不停地拨弄出细细碎碎的声音。乡间的夜出奇的安静，邻居们都习惯早睡，偶尔有夜归的行人也只是从田野旁边那条小路远远经过，有时候会咳嗽一声，声音从月色里传过来也变得比较轻柔。

多好的月色啊！满月的光辉浸润着整块土地，土地上一切的生命都有了一种在白昼时从来也想象不出的颜色。这样美丽的世界就在我的眼前，既不虚幻也非梦境，只是让人无法置信。

所以，我想，等我把这些速写的稿子整理好，在画布上画出了这种月色之后，恐怕也有一些人认为我描绘的是一种虚无的美吧。

我一面画一面禁不住微笑了起来。风从田野那头吹过，在竹林间来回穿梭，月是更高更亮了，整个夜空澄澈无比。

生命里也应该有这样一种澄澈的时刻吧！可以什么也不想什么也不希望，只是一笔一笔慢慢地描摹，在月亮底下，安静地做我自己该做的功课。

二

对着一班十九二十岁，刚开始上油画课的学生，我喜欢告诉他们一个故事。

这是我大学同班同学的故事。我这个同学有很好的绘画基础，人又认真，进了大学以后发誓要沿着西方美术史一路画下来，对每一个画派的观念与技法都了解并且实验了之后，再来开创他自己的风格。他认为，只有这样，才能够画出真正扎实的作品来。

一年级的时候，他的风景都是塞尚的，二年级的时候，他喜滋滋地向我宣布：

“我已经画到野兽派了！”

然后三年级、四年级，然后教书，然后出国，很多年都不通音讯，最后得到的消息是他终于得到博士学位，成为一个美术史与美术理论方面的专家了。

我每次想到这件事，都不知道是悲是喜。原来要成为一个创作的艺术家，除了要知道吸收许多知识之外，也要懂得排拒许多知识才行的啊！创作本身原来具有一种非常强烈的排他性。一个优秀的艺术家就是在某一方面的表现能够达到极致的人，而因为要走向极致，所以就不可能完全跟着别人的脚步去走，更不可能在自己的一生里走完所有别人曾经走过的路。在艺术的领域里，我们要找到自己的极致，就需要先明白自己的极限，需要先明白自己和别人不尽相同的那一点。

因为不尽相同，所以艺术品才会有这样多不同的面貌。像布朗库西[①]能够把他的“空间之鸟”打磨得那样光滑，让青铜的雕像几乎变成了一种跃动的光与速度。而麦约[②]却要把流动的“河流”停住，在铅质的女体雕像里显示出一种厚重的量感来。毕沙洛[③]的光影世界永远安详平和，而一样的光影在孟克[④]的笔触里却总是充满了战栗和不安。

---

① 布朗库西（1876—1957）：罗马尼亚雕刻家。他作品的特色是象征性的极端抽象和微妙的造形，他偏好采用光滑的材质，以极为抽象的线条来雕塑作品，纯净而清澈，被尊称为彻底抽象与单纯化的前卫雕刻代表人物。代表作品有《空间之鸟》《吻》《沉睡的缪斯》等。

② 麦约：现通译为马约尔。阿里斯蒂德·马约尔（1861—1944），法国著名雕塑家，与罗丹齐名。他致力于雕塑女体，代表作有《河流》《布朗基纪念碑》《地中海》等。

③ 毕沙洛：现通译为毕沙罗。卡米耶·毕沙罗（1830—1903），法国印象派大师，有印象派“米勒”之称。高更、塞尚都曾将他看作自己的老师。代表作有《塞纳河和卢浮宫》《雪中的林间大道》《蒙福科的收获季节》等。

④ 孟克：大陆通译为蒙克。爱德华·蒙克（1863—1944），挪威表现主义画家、版画家，现代表现主义绘画先驱。他的画作笔触大胆奔放、色彩艳丽丰富，充满着紧张不安、压抑悲伤的情绪。代表作有《呐喊》《生命之舞》《卡尔约翰街的夜晚》等。

每一个优秀的艺术家走到极致的时候，就好像在生命里为我们开了一扇窗户，我们在一扇又一扇不同的风景之前屏息静立，在感动的同时，也要学会选择我们所要的和我们不得不舍弃的。

三

当然，有些人是例外，就好像在生命里也常有些无法解释的例外一样。

在美术史里，有些例外的艺术家，就像天马行空一般地来去自如，在他们的一生里，几乎就没有所谓“极限”这一件事。

像对那个从天文、数学到物理无所不能、无所不精的达·芬奇，我们该怎么办呢？

也许只能够把他放在一旁，不和他比较了吧？不然，要怎样才能平息我们心中那如火一般燃烧着的羡慕与嫉妒呢？

四

我相信艺术家都是些善妒的人。

因为善妒，所以别人的长处才会刺痛了自己的心；因为善妒，所以才会努力用功，想要达到自己心中给自己拟定的远景。

因为善妒，所以才会用一生的时光来向自己证明——我也可以做得和他们一样好，甚至更好。

不然，美术史里那些伟大的感人的作品要怎样来解释呢？为什么会有人肯把生命里面最精华的时光与力量，放在那些好像并没有任何实质意义的东西上面去呢？

当然，你也可以说，创作的欲望来自人类内心的需求，是一种最最原始也最最自然的呼唤，我也完全同意。但是，我要强调的是，在创作的过程里，如果发现有人远远地超过了我们，在那一刹那，像是有火在心里燃烧的那种又痛又惊的感觉，对我们其实是并没有坏处的。

因为，只有在那种时刻里，我们才能猛然省悟，猛然发现自己的落后是因为没有尽到全力。

把海浪掀激起来的，不就是那种使海洋又痛又惊的疾风吗？

五

也喜欢那些安静地埋首努力着的艺术家。

在他们一生的创作过程里，其实就是一种自我的发现与自我的追寻。

一个艺术家也许可以欺骗所有的人，但是，他无法欺瞒他自己。因为，不管群众给他评价是什么，他最后所要面对的最严苛的评判者，其实是他自己。

所以，当一个艺术家可以坦然面对自己的时候，他的面容自然会平和安详，谈话间的语气也自然地会缓慢和从容起来。

每次和他们在一起，我心里都有种羞惭不安的感觉，和这些人相比，我是怎样的无知和急躁啊！

喜欢和他们一起画画，有时候是在一个市场的三楼，小小的画室里有着温暖的灯光和温暖的关怀。有时候是在闹市狭窄巷弄里的一间平房，光洁古老的地板上隐约看出一些油画颜料留下的色点。

在这些画室里的艺术家都早已进入中年，却仍然安静地在走着这条从非常年轻的时候就已经开始走了的路。我每次走进画室时都会有一种触动，有时候是因为他们迎接我时的天真的笑容，有时候是因为他们脸颊上深深的纹路，有时候是因为他们花白的鬓角，有时候是因为画室中央那一把春天的花束；而更多的时候是因为画室里那一处亲切熟悉的气氛，混合着画布和亚麻仁油以及颜料的淡淡气味，朝我迎来。

是啊！就这样在这些熟悉的气氛与气味之间过完我的一生吧。让我们从复杂曲折的世界里脱身，一起把这样的夜晚献给那极明净又极单纯的绘画吧。让我们走入心灵的最深处，在茂密的森林里寻找各人自己原来该有的面貌。

然后，在这样一个共聚的夜晚之后，带着画完或者没画完的作品，带着一颗安静而又微醺的心，我们在星光或者月光之下彼此轻声道别。

然后，再走进闹市的崎岖巷弄里，再开始重新面对另外一个世界，另外一个在别人眼中也许是成功也许是失败的自己。

而一切都没有什么关系了，不是吗？如果在我们心里有一座茂密的森林，如果我自己知道我正站在丛林中的那一个角落，那么，这人世即使是崎岖难行，又能影响得了我多少呢？

人的自由，在认识了生命的本质之后，原该是无可限量的啊！

爱是一切的泉源

席慕蓉

今夜，空气潮湿而温暖，桂花在廊下不分四季地开着，淡淡的香气环绕着我的小屋。在灯下摊开稿纸，我微笑地写下这封信的标题：爱是一切的泉源。

是的，我亲爱的朋友，爱是一切的泉源，在这世间，唯一能让我们在失望的时候不觉得悲苦，在受尽磨难之后仍然能重新再来，在极简陋的环境里能看到最大的幸福的，就是那深沉宽广的爱。

初生婴儿也许并不知道这些。在最初的一两个月里，他只注意自己，只寻求自身的满足，他好像只愿倾听自己内部的声音，只要内在给他舒服的感觉，他就会很安定，别无他求。

到两个月大时，对于巨大的声响，强烈的光，开始有了反应。这时候他的社交性开始发展，他注意人的声音，开始对人微笑。到了三个月后，慢慢开始观察他周围的世界，此时，他会自动把头转向各个方向，不管他所看到的是什么东西，都会使他感到非常高兴。

心理学家认为，婴儿的微笑是他要参加团体生活的第一步，从这一步开始，他与人间有了爱的交流。所以，做父母的要非常欢迎这个微笑，同时也要以微笑来还答他。这个微笑是向他表示，我们欢迎他的加入。父母对婴儿时期的孩子就常给他温暖的笑，是奠定孩子对人类和气与合群的基础。

所以，不要以为孩子太小就不理会他，也不要以为他不会说话就不与他交谈，更不要因为他很乖，不吵闹，我们就把他放在一边很久不去看看他。亲爱的母亲们，我们要在最初的时机里把握住与孩子交流的机会。

孩子最初的伴侣就是父母，你若不去爱他的话，还会有谁去爱他？所以，我们要做的事就是多与他交谈，对他微笑，拥抱他，向他表示我们的爱。在他成长的时候，他也会学会爱父母，爱朋友，爱这个社会，爱这个世界。

而爱是一切的泉源，尤其是美的事物的泉源，以爱的眼光来看宇宙，你将会看出无限的美好。

我的姐姐给我讲过一个故事："古时候有一个国王，希望能够创造出一种世界语来。他认为，假如人生下来以后，能不受环境的影响，而在说话时开始说出的语言一定是最正确、最适合作为世界语的基础的语言。

"于是，正因为他是一国之君，很容易地，他就征召了一些有经验的保姆，再建造了一个设备很完善的育幼院，再从全国各地抱来一些刚出生的婴儿放在里面，一个小社会就成型了。在这个小社会里别的都与外界没有不同，唯一的戒条就是：保姆在孩子面前不能开口说话。既不得彼此交谈，也不得以任何亲昵的声音来逗引孩子。

“于是，实验开始了，保姆们为怕犯错，连一点亲热的行动都不敢表示，不过，在婴儿其他生活的照料上，却是用最细心、最谨慎的方式在进行。几个月过去了，当国王来到育幼院，渴望地希望听到婴儿最初的话语之时，却发现，他的计划彻底地失败了。

“所有的幼儿在能开口说话之前都死去了。”

没有爱的小生命是枯萎了的花朵。我想，这也许是个虚构的故事，可是，我仍然很恨那个自作聪明的国王。姐姐说完这个故事后，好几天，我心里都很不快乐。

在这世间，唯一不能安排、不能控制、不能解释的东西就是爱。幸运的是，这一种感情是与生俱来，每个人都能享有的上天的福祉。

所以，亲爱的母亲们，让我们在教孩子们知道什么是美之前，先使他知道什么是爱吧，好吗？

爱是生命

刘墉

到一个朋友家做客，她一面为大家斟酒，一边说大孩子该出门约会了。果然，话才完，大孩子就从楼上下来，匆匆冲出门去。

吃饭时，她一面端菜，一边对丈夫说“该开演了”。原来当天晚上，她家的老三在学校有表演。

饭后聊天，她一边为大家倒茶，一边说“老二该到家了”。跟着就见老二进门。

“好像三个孩子全在你的算计中。”我笑道。

“不是在算计中，是挂在心里面。”她指指心，“我这个做妈的，没办法把自己拆成三份，但是可以把心分成三份。”

“每个孩子三分之一？”

常听做父母的问孩子：“你比较爱爸爸，还是比较爱妈妈？”常听子女不平地问父母：“你们比较爱哥哥、姐姐，还是爱我？”

也听过夫妻吵架，一方质问对方：“你到底爱我，还是爱你妈？”

问题是，爱像蛋糕吗？这边切多一点，那边就剩少一些。抑或爱能同时向几个对象表达出百分之百？

曾在电视里，看见一位贫苦的黑人母亲，搂着她的一群儿女说：“我很穷，幸亏我有许多子女，许多爱。我能给他们每个人百分之百的生命，也能给他们每个人百分之百的爱。爱就是生命！”

爱就是生命，生命就是为了爱！当我们能为所爱牺牲生命时，就表现了百分之百的爱，因为牺牲的是百分之百的生命。只是，我们唯有一个身体，却可能有许多“生死与之的爱”。使我们常不得不放下一群羊，去找另一只迷失的羊。如同那位母亲，扔下一个孩子，去找另一个，再回头找这一个。

或许这就是爱的矛盾吧！我们与其恨自己有太多的爱，却只有一个身体、一个生命，不如说：“谢谢上苍，你虽给我一个身体，却能让我有许多爱，爱自己、爱亲人、爱朋友、爱大地、爱生命。每个爱都是真真实实、完完全全。且愈爱愈深、永永远远……”

人就这么一辈子

刘墉

我常以“人就这么一辈子”这句话来告诫自己并劝说朋友。这七个字，说来容易，听来简单，想起来却很深沉；它能使我在懦弱时变得勇敢，骄矜时变得谦虚，颓废时变得积极，痛苦时变得欢愉，对任何事拿得起也放得下，所以我称它为“当头棒喝”“七字箴言”。

人不就这么一辈子吗？生不带来、死不带去的一辈子，春发、夏荣、秋收、冬藏，看来像是一年四季般短暂的一辈子。每当我为俗务劳形的时刻，想到那七个字，便忆起李白《春夜宴桃李园记》中“天地者，万物之逆旅，光阴者，百代之过客，浮生若梦，为欢几何”的句子，而在哀时光之须臾，感万物之行休中，把周遭的俗事抛开，将眼前的争逐看淡。我常想世间的劳苦愁烦、恩恩怨怨，如有不能化解的、不能消受的，不也驮过这短短几十年就烟消云散了吗？若是如此，又有什么好解不开的呢？

人不就这么一辈子吗？短短数十寒暑，刚起跑便到达终点的一辈子；今天过去，明天还不知道属不属于自己的一辈子；此刻过去便再也追不回的一辈子；白了的发便再难黑起来，脱了的牙(永久齿)便再难生出来，错了的事便已经错了，伤了的心便再难康复的一辈子；一个不容我们从头再活一次，即使再往回过一天、过一分、过一秒的一辈子。想到这儿，我便不得不随着东坡叹："寄蜉蝣于天地，渺沧海之一粟。"我便不得不随陈子昂而哭："前不见古人，后不见来者，念天地之悠悠，独怆然而涕下。"我便不得不努力抓住眼前的每一刻、每一瞬，以我渺小的生命，有限的时间，多看看这美好的世界，多留些生命的足迹。

人就这么一辈子，想到这句话，如果我是英雄，便要创造更伟大的功业。如果我是学者，便要求取更高的学问。如果我爱什么人，便要大胆地告诉。因为今日过去便不再来了，这一辈子过去，便什么都消逝了。一本书未读、一句话未讲，便再也没机会了。这可珍贵的一辈子，我必须要好好把握它啊！

人就这么一辈子，想到这句话，如果我是烈士，便能视死难如鸿毛；如果我是宗教家，便能视此生为虚幻；如果我为情苦恼，便能将爱抛到九霄云外。小小一辈子算什么，就算拥有全世界，明朝不也得和盘交出来吗？这短暂的一辈子，实在是无足道啊！

人就这么一辈子，你可以积极地把握它，也可以淡然地面对它。看不开时想想它，以求释然吧！精神颓废时想想它，以求振作吧！愤怒时想想它，以求平息吧！不满时想想它，以求感恩吧！因为不管怎么样，你总很幸运地拥有这一辈子，不能白来一遭啊！

本书作者名录

画家

吴昌硕（1844—1927）：初名俊、俊卿，字昌硕、仓石，别号缶庐、苦铁。浙江安吉人。篆刻家、书画家。清末曾任江苏安东（今涟水）知县，一月后弃官寓上海。篆刻风格雄浑苍劲，自成一家。工书法，擅写石鼓文，朴茂雄健，精气盘旋，突破陈规。三十岁左右始作画，善作写意花卉蔬果，色酣墨饱，浑厚苍辣，开拓新貌，是“海上画派”代表人物。曾被推举为西泠印社社长，长于写诗，有《缶庐集》。

作家

（按出生日期排序）

鲁迅（1881—1936）：原名周樟寿，后改名周树人，字豫才。浙江绍兴人。文学家、思想家、革命家。其主要成就包括杂文，短中篇小说，文学、思想和社会评论，古代典籍校勘与翻译等。原学医，后弃医从文，成为作家和民主战士。代表作品有中篇小说《阿Q正传》，杂文集《二心集》《华盖集》等。

夏丏尊（1886—1946）：原名夏铸，字勉旃，后改字丏尊，号闷庵。浙江上虞人。著名作家、出版家。提倡人格教育和爱的教育。曾与陈望道、刘大白、李次九等人一起积极支持新文化运动，推行革新语文教育，被称为第一师范的“四大金刚”。著有散文集《平屋杂文》。

郭沫若（1892—1978）：原名郭开贞，笔名郭鼎堂等，号尚武，乳名文豹。四川乐山人。作家、诗人、历史学家、考古学家、古文字学家、社会活动家。1921年发表中国第一本新诗集《女神》，1930年撰写了《中国古代社会研究》。1949年当选为中华全国文学艺术会主席。有诗作《女神》《凤凰涅槃》，剧作《棠棣之花》《屈原》《蔡文姬》等。

许地山（1893—1941）：名赞堃，字地山，笔名落华生。原籍台湾台南，寄籍福建龙溪（今福建漳州）。中国现代著名小说家、散文家，文学研究会发起人之一，五四时期新文化运动先驱之一。作品多以闽、台、粤和东南亚、印度为背景，表现出爱国主义和民主主义倾向，并带有宗教意识和浪漫色彩，后期作品趋于写实。主要著作有《危巢坠简》《空山灵雨》《中国道教史（上卷）》等。

茅盾（1896—1981）：原名沈德鸿，字雁冰。浙江桐乡人。中国现代著名作家、文学评论家。新文化运动先驱者、中国革命文艺的奠基人之一。作品以现实主义文学观为核心，将社会历史生活浓缩为背景和轮廓，着力体现人物性格。代表作品有“蚀”三部曲、《子夜》《林家铺子》《春蚕》等。

郁达夫（1896—1945）：原名郁文，字达夫，作家。浙江富阳人。早年留学日本，后回国从事创作，是新文学团体“创造社”的发起人之一，为抗日救国而殉难。早期小说大多表现五四青年的爱国情绪、社会遭遇和内心忧郁，对封建道德礼教作大胆挑战，情调感伤激愤。20世纪30年代后则以散文、游记创作为主，文风趋于清隽洒脱。代表作品有小说《沉沦》《春风沉醉的晚上》《迟桂花》等，有《郁达夫全集》行世。

徐志摩（1896—1931）：原名徐章垿，初字槱森，后改字志摩。浙江海宁人。新月派代表诗人、散文家。深受西方教育的熏陶，亦受欧美浪漫主义和唯美派诗人的影响，形成了浪漫主义诗风。诗作纤浓委婉，大多咏叹爱情与梦幻，对新诗的发展产生了重要影响。有诗集《志摩的诗》《翡冷翠的一夜》《云游》，散文集《落叶》《巴黎的鳞爪》《秋》，小说集《轮盘》等。

丰子恺（1898—1975）：原名丰润，字子觊，后改为子恺。浙江桐乡人。画家、文学家、美学和音乐教育家、漫画家、书法家、翻译家。他的漫画融合了中西画法，常以儿童生活为题材；散文文笔清隽，语淡意深。绘有画集《丰子恺漫画》，译有《源氏物语》《猎人日记》等，著有《音乐入门》和散文集《缘缘堂随笔》。

朱自清（1898—1948）：原名朱自华，号秋实，字佩弦。江苏扬州人，原籍浙江绍兴。散文家、诗人、古典文学研究家。1920年毕业于北京大学，后任清华大学、昆明西南联合大学等校教授，并致力于学术研究。抗日战争结束后，积极支持学生运动。1948年8月在《抗议美国扶日政策并拒绝领取美援面粉宣言》上签字，不久因贫病在北平逝世。著有诗文集《踪迹》，散文集《背影》《欧游杂记》，文艺论著《诗言志辨》《论雅俗共赏》等。

郑振铎（1898—1958）：笔名西谛、郭源新。作家、文学史家。福建长乐人。五四时期曾与瞿秋白等合编《新社会》。1921年与茅盾、王统照等组织文学研究会。1923 年后主编《小说月报》。1931 年起历任燕京大学、暨南大学等校教授，致力于学术研究，主编《文学季刊》《世界文库》。抗日战争期间留居上海，坚持进步文化工作。著有短篇小说集《取火者的逮捕》，学术著作《插图本中国文学史》《中国俗文学史》等。

老舍（1899—1966）：原名舒庆春，字舍予，北京人，满族。是中华人民共和国成立后第一位获得“人民艺术家”称号的作家，被称为“语言大师”。著述丰富，善于刻画市民阶层的生活和心理，同时也着力表现时代前进的步伐，文笔生动、幽默，富有浓郁的地方色彩。主要作品有小说《猫城记》《离婚》《牛天赐传》《四世同堂》《正红旗下》等，剧本《茶馆》《龙须沟》等。

鲁彦（1901—1944）：原名王衡，又名王返我，字忘我。浙江镇海（今宁波市镇海区）人。著名乡土小说家、翻译家，长期从事教育和编辑工作。作品多取材于乡村生活，反映旧中国的悲惨现实与世态炎凉。著有短篇小说集《柚子》《黄金》《童年的悲哀》，长篇小说《愤怒的乡村》等。

章衣萍（1902—1947）：乳名灶辉，又名洪熙，安徽绩溪人。作家、翻译家。毕业于北京大学，在陶行知创办的教育改进社主编教育杂志，后于上海大东书局任总编辑，与鲁迅筹办《语丝》月刊，系重要撰稿人。有诗集《种树集》，短篇小说集《古庙集》和散文集《樱花集》等。

石评梅（1902—1928）：原名石汝璧，常用笔名评梅、林娜、漱雪、波微等。山西阳泉人。近现代女作家，“民国四大才女”之一。曾创作大量诗歌、散文、游记、小说，尤以诗歌见长，有“北京著名女诗人”之誉。作品主题多为追求爱情、真理，渴望自由、光明。著有小说散文集《偶然草》《涛语》。

沈从文（1902—1988）：原名沈岳焕，字崇文。湖南凤凰人，苗族。作家、历史文物研究者。1918 年小学毕业后，即随本乡地方武装在沅水流域各县生活。1922 年到北京后开始文学创作。抗日战争爆发后，任教于昆明西南联合大学。抗战胜利后，任教于北京大学。其小说主要表现士兵、船夫和湘西少数民族的生活，富有人情美和风俗美。后从事历史文物以及工艺美术图案的研究工作。著有小说集《边城》《长河》，散文集《湘行散记》，学术著作《中国古代服饰研究》等。

林徽因（1904—1955）：又名徽音。福建闽侯人。中国著名建筑师、作家、诗人。青年时期在诗歌、小说、散文、话剧等领域均有著作，后专攻建筑。曾参与中华人民共和国国徽、人民英雄纪念碑的设计工作。代表作有诗作《你是人间四月天》，小说《九十九度中》，散文《窗子以外》等。

梁遇春（1906—1932）：别名驭聪，又名秋心。福建闽侯人。中国现代作家、翻译家。1924年进入北京大学英文系学习。毕业后曾到上海暨南大学任教。有散文集《春醪集》《泪与笑》，译著《草原上》《鲁滨孙漂流记》等。

缪崇群（1907—1945）：笔名终一，江苏六合人。才华横溢，在小说以及散文领域著作颇丰，曾翻译《现代日本小品文》。作品关注小人物悲喜，清新淡雅，极富诗情画意。有散文集《晞露集》《寄健康人》等。

傅雷（1908—1966）：字怒安，号怒庵。江苏南汇（今属上海）人。翻译家、作家、教育家、美术评论家。早年于法国巴黎大学留学，回国后从事文学翻译工作，对巴尔扎克研究颇深。译作丰富，文笔细腻流畅。译有巴尔扎克长篇小说14部，罗曼·罗兰传记文学《贝多芬传》等3部和长篇小说《约翰·克利斯朵夫》等，并著有《贝多芬的作品及其精神》《傅雷家书》等。

陆蠡（1908—1942）：原名陆考源，字圣泉，笔名陆蠡，另有笔名陆敏、卢蠡、大角等。浙江天台县人。散文家、翻译家。1936年进入上海文化生活出版社工作，抗战爆发后，留在上海维持出版社运作。1942年，日军抄查出版社，陆蠡前往巡捕房交涉，遭日本宪兵队拘捕，后被杀害。有散文集《海星》《竹刀》（后改名《山溪集》）与《囚绿记》，译有《葛莱齐拉》《罗亭》。

靳以（1909—1959）：原名章方叙。天津人。1933年起先后主编《文学季刊》《文季月刊》等期刊。1939年起担任复旦大学教授等职。抗战胜利后积极参加民主革命运动。早期作品揭露旧社会黑暗，对被压迫的小市民阶层和知识分子寄以深切同情。后期作品热情歌颂新社会、新人物。有长篇小说《前夕》，短篇小说集《红烛》《青山花》《落珠集》等。

叶紫（1912—1939）：原名俞鹤林。湖南益阳人。作家。少年时代便被迫流亡，曾从军，当过小学教员和报馆编辑。作品多以家乡的革命事件为题材，反映农村的阶级斗争，具有鲜明的革命倾向性。著有短篇小说集《丰收》《山村一夜》，中篇小说《星》等。

邓拓（1912—1966）：原名邓子健、邓云特，笔名马南邨、丁曼公、向阳生等。福建闽侯人。中共宣传战线重要成员，长期担任《人民日报》社长等中央主要宣传机构领导职务。代表作品有《燕山夜话》，以及与吴晗、廖沫沙合写的杂文《三家村札记》等。

杨朔（1913—1968）：原名杨毓瑨，字莹叔，山东蓬莱人。作家。1937 年参加革命并开始文学创作，其散文具有强烈的时代色彩，富有诗意。著有散文集《海市》《东风第一枝》，长篇小说《三千里江山》等。

冯骥才（1942— ）：生于天津，浙江宁波人。当代作家、画家。早年在天津从事绘画工作，后专职文学创作与民间文化研究，曾大力推动民间文化保护工作。著有大量优秀散文和小说，并有多篇文章入选中小学、大学课本，代表作有《啊！》《神鞭》《珍珠鸟》等。

席慕蓉（1943— ）：蒙古语名为穆伦·席连勃，意即大江河，“慕蓉”是“穆伦”的谐音。原籍内蒙古察哈尔部，现居台湾。诗人、散文家、知名画家。诗作柔婉兼具豪放，深邃而又温情，字句中浸润着东方哲学，透露出人生无常的苍凉韵味。有诗集《七里香》，散文集《江山有待》等。

周国平（1945— ）：上海人。当代著名学者、作家、哲学研究者。著作《尼采：在世纪的转折点上》和译作《悲剧的诞生》风靡一时。其散文作品集哲理与优美的文笔于一体，著有散文集《守望的距离》《各自的朝圣路》等。

余秋雨（1946— ）：浙江余姚人。当代著名学者、作家。曾任上海戏剧学院院长、教授。“文化散文”的开创者。著有散文集《文化苦旅》《山居笔记》《行者无疆》等。

刘墉（1949— ）：原名刘镛，号梦然，美籍华人。作家、画家。其散文有两大主题：处世哲学、温馨励志。因平实近人，说理深入浅出，他的散文风行华语地区，亦被译为英、韩、越、泰等多种语言。著有散文集《萤窗小语》《超越自己》《创造自己》《肯定自己》等。

毕淑敏（1952— ）：祖籍山东文登，出生于新疆伊宁。作家、心理咨询师。曾在西藏阿里地区担任部队医生长达 11 年；转业后，任内科主治医师。1986 年起，开始发表文学作品，以生命和死亡为主题。代表作有处女作《昆仑殇》，长篇小说《红处方》《血玲珑》等。